共和国的历程

英明决策

抗美援朝保家卫国

李 奎 编写

蓝天出版社 吉林出版集团有限责任公司

图书在版编目（CIP）数据

英明决策：抗美援朝保家卫国／李奎编写.
—北京：蓝天出版社，2014. 1（2023.3重印）
（共和国的历程）
ISBN 978-7-5094-1081-3

Ⅰ. ①英… Ⅱ. ①李… Ⅲ. ①革命故事－作品集－中国－当代 Ⅳ.
①I247. 8

中国版本图书馆 CIP 数据核字（2013）第 305420 号

英明决策——抗美援朝保家卫国

编　　写：李　奎
策　　划：金永吉　荆忠峰
责任编辑：祖　航　孔庆春
出版发行：蓝天出版社　吉林出版集团有限责任公司
地　　址：北京市复兴路 14 号
邮　　编：100843
电　　话：010—66983715
经　　销：全国新华书店
印　　刷：北京柏玉景印刷制品有限公司
开　　本：710mm×1000mm　1/16
字　　数：69 千
印　　张：8
版　　次：2014 年 4 月第 1 版
印　　次：2023 年 3 月第 3 次
定　　价：29. 80 元

前　言

中华人民共和国自 1949 年 10 月 1 日成立以来，已走过了六十多年的风雨历程。历史是一面镜子，我们可以从多视角、多侧面对其进行解读。然而有一点是可以肯定的，那就是，半个多世纪以来，在中国共产党的领导下，中国的政治、经济、军事、外交、文化、教育、科技、社会、民生等领域，都发生了深刻的变化，中国人民站起来了，中华民族已屹立于世界民族之林。

这段时间放到整个历史长河中是短暂的，有如弹指一挥间，但它带给中国的却是极不平凡的。六十多年里神州大地经历了沧桑巨变。从开国大典到 60 年国庆盛典，从经济战线上的三大战役到经济总量居世界前列，从对农业、手工业、资本主义工商业的三大改造到社会主义市场经济体制的基本确立，从宜将剩勇追穷寇到建立了强大的国防军，从废除一切不平等条约到独立自主的和平外交政策，从"双百"方针到体制改革后的文化事业欣欣向荣，从扫除文盲到实施科教兴国战略建设新型国家，从翻身解放到实现小康社会，凡此种种，中国人民在每个领域无不留下发展的足迹，写就不朽的诗篇。

六十几年在历史的长河中犹如沧海一粟，但对身处其间的个人却是并非无足轻重的。其间究竟发生了些什么，怎样发生的，过程怎样，结果如何，非人人都清楚知道的。对此，亲身经历者或可鲜活如昨，但对后来者却可能只是一个概念，对某段历史的记忆影像或不存在或是模糊的。基于此，为了让年轻人，特别是青少年永远铭记共和国这段不朽的历史，我们推出了这套《共和国的历程》。

《共和国的历程》虽为故事形式，但与戏说无关，我们是想借助通俗、富于感染力的文字记录这段历史。这套丛书汇集了在共和国历史上具有深刻影响的重大历史事件。在丛书的谋篇布局上，我们尽量选取各个时代具有代表性的或深具普遍意义的若干事件加以叙述，使其能反映共和国发展的全景和脉络。为了使题目的设置不至于因大而空，我们着眼于每一重大历史事件的缘起、过程、结局、时间、地点、人物等，抓住点滴和些许小事，力求通透。

历史是复杂的，事态的发展因素也是多方面的。由于叙述者的视角、文化构成不同，对事件的认知或有不足，但这不会影响我们对整个历史事件的判断和思考，至于它能否清晰地表达出我们编辑这套书的本意，那只能交给读者去评判了。

这套丛书可谓是一部书写红色记忆的读物，它对于了解共和国的历史、中国共产党的英明领导和中国人民的伟大实践都是不可或缺的。同时，这套丛书又是一套普及性读物，既针对重点阅读人群，也适宜在全民中推广。相信它必将在我国开展的全民阅读活动中发挥大的作用，成为装备中小学图书馆、农家书屋、社区书屋、机关及企事业单位职工图书室、连队图书室等的重点选择对象。

编　者
2014 年 1 月

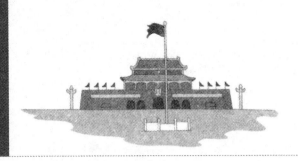

一、 朝鲜告急

● 杨尚昆提高嗓门说："但我有重要的大事急需向主席报告啊！"

● 毛泽东庄严宣告："全国和全世界人民团结起来，进行充分的准备，打败美帝国主义的任何挑衅。"

● 毛泽东沉思片刻后说："朝鲜半岛的形势可能要恶化。城门失火，殃及池鱼。我国人民想休养生息也不能呀"

朝鲜战争爆发

1950 年 6 月下旬，北京的天气已经有些炎热，夜幕还是那样阴沉沉的，空气十分沉闷。

6 月 25 日清晨，在中南海毛泽东的卧室里，窗幔依然紧闭，四周没有一点动静，只有警卫人员在院中轻轻地打扫卫生。

突然，远方传来沉雷声，警卫人员急忙抽身关好毛泽东卧室的门，转身看了看满天低垂的浓云，自言自语地说道："老天爷是不是成心不让主席多睡一会儿啊！"警卫人员又继续打扫院落的卫生。

一会儿，中央办公厅主任杨尚昆快步走来，表情严肃地问："主席还在睡觉吧？"

警卫说："还在睡。杨主任，有事就等到中午吧！"

"不行啊！"平时冷静的杨尚昆显得有些焦急。

"杨主任，您是知道的，主席这些天来又是开会报告，又是和参加会议的代表谈话，忙得没有睡一个好觉。昨天晚上他又睡得很迟……"

"不要说了，这些我都知道。"

"可总理对我们吩咐了，这两天谁也不要打扰主席休息。"

杨尚昆提高嗓门说："但我有重要的大事急需向主席

报告啊！"

"谁在外边？"毛泽东在屋内说。

杨尚昆推开屋门走进去，只见毛泽东穿着睡衣已经走到客厅。

"主席……"

"有什么大事？"毛泽东说。

杨尚昆说："主席，朝鲜战争爆发了！"

"什么？"毛泽东下意识地问道。

"朝鲜战争爆发了！"杨尚昆又说了一遍。

毛泽东神情严肃地看着杨尚昆，问道："你是怎么知道的？"

"我们的同志从法新社收听到的消息。"

听到这个消息，毛泽东表情变得严肃起来，两道眉宇紧锁在一起，他凝思良久，微微地点了点头。

当时，新中国刚刚成立，以毛泽东为首的党中央正在为新中国的经济建设运筹帷幄，朝鲜战争爆发，必然要使新中国对政策作出调整。

其实，作为富有远见的政治家和军事家，毛泽东在即将发动解放台湾战役的前夕，多少预感到，在远东北部与中国相邻的朝鲜半岛上，战争也不可避免。

朝鲜问题的根源是苏美两个大国在日本战败后对朝鲜的分割占领。作为以金日成为首的朝鲜共产党人，统一祖国，建立一个独立、自主的社会主义国家，是他们理所当然的责任。

朝鲜告急

朝鲜半岛位于亚洲东部，东北与俄罗斯相连，西北与中国相接，东南隔朝鲜海峡与日本相望。西、南、东分别被黄海、朝鲜海峡、日本海环绕。朝鲜半岛是朝鲜民族祖先的居住地，并建立过多个国家。

第二次世界大战期间，美国和苏联在德黑兰会议上同意朝鲜半岛在"适当的时候"应实现独立。"二战"即将胜利的时刻，美、苏、英三国首脑在雅尔塔签订秘密协议，美英以出让中国外蒙古和东北利益换取了苏联对日宣战，并指出了朝鲜半岛因"高丽人没有自治能力"，故决定应该由美国、苏联、中国和英国实行国际托管。

在雅尔塔会议上，斯大林曾经问罗斯福有什么外国军队要进入朝鲜，罗斯福回答没有。

1945 年 8 月 9 日，在日本战败投降前夕，美国提出以北纬 38 度线为界，即"三八线"，美国和苏联分别占领朝鲜半岛南部和北部的提议，并得到了苏联的认可。

1945 年 8 月下旬，因苏联对日作战出兵中国东北后，前锋迅速抵达朝鲜半岛中部的开城附近，美国的海军和陆战队仍然在数千公里以外的冲绳，遂提出以北纬 38 度线为界划分受降范围，这就是"三八线"的来源。

斯大林答应了美国的要求。1945 年 9 月美军得以顺利登上朝鲜半岛。

"三八线"以北面积占朝鲜半岛总面积的 57%，人口占总人口的 40%，南部面积占总面积的 43%，人口占 60%。朝鲜半岛北部为工业区，南部则是主要的粮食产区。

美国一开始在南部地区任用日本殖民时期的行政人员，激起朝鲜人的不满，之后美国驻军开始使用不了解当地情况的美国人替代日本人，也受到朝鲜人的反对。

1945 年 12 月 29 日，美国政府公布 12 月 27 日由美、英、苏三国外长会议签署的关于对朝鲜半岛进行托管和建立临时朝鲜半岛民主政府的《莫斯科协定》。

1946 年 3 月组成了美、苏、英托管委员会，形式上完成了雅尔塔协议中的约定。尽管该委员会的目标是在其监督下尽快使朝鲜半岛选出自己的合法民主政府，但与此同时，美国和苏联均在自己军队的占领范围内分别扶持了服从于自己的政权。

处在冷战边缘的美苏两国均吸取了在欧洲的教训，在作为雅尔塔协定中真空区的朝鲜半岛问题上，都开始大胆地设立"铁幕"。

当时，无论是南方的还是北方的朝鲜民众，都掀起民族主义运动，包括"反托管"运动在内，主张成立全半岛统一的朝鲜人自己的政权。美苏两国出于冷战需要也同时放胆对自己势力范围内的反对派进行了清理。

在南朝鲜，1947 年 7 月左翼民主派吕运亨被暗杀，该派作为一支政治力量便不复存在了。朝鲜半岛的共产党各派解放后一度联合重建，但在美国占领军和右翼势力打击下活动空间越来越小。

接着，美占领当局以"精版社伪币事件"为借口，取消南朝鲜共产党等左翼政党合法性，1947 年南朝鲜共产党领导人逃往北方，它在南朝鲜的影响也就消失了。

1947 年 9 月 17 日，美国将朝鲜半岛问题提交联合国，主张联合国设立联合国朝鲜半岛问题临时委员会，负责观察、监督分别在南北朝鲜举行的大选，组成全朝鲜半岛的国民议会，由国民议会再召集会议建立国民政府。

10 月 31 日，美国避开安理会直接将方案提交联合国大会，尽管考虑到美国当时在联合国的"号召力"，苏联持反对意见，但联大政治委员会仍以投票方式通过了美方的提议。

由不包括美、苏在内的九国组成"联合国韩国临时委员会"，监督建立全南朝鲜议会并选举统一的政府。

1948 年 1 月，印度代表梅农率联合国委员会赴南朝鲜，安排统一选举事务。苏联禁止在北朝鲜进行此种选举，不允许联合国人员入境，他们只得在汉城考察后返回。

2 月 26 日，联大临时委员会通过决议：

允许韩人在尽可能到达的地方继续选举。

1948 年 5 月 10 日，在军警的严密戒备和监督下，南朝鲜举行单独选举。据 10 日夜各投票点关闭后的统计，南朝鲜 800 万选民中，大约 85% 的人参加了选举。选举的结果是李承晚以略微的优势当上南朝鲜总统。8 月 15 日，大韩民国政府正式宣告成立，联合国随即接纳它为联合国成员国。

而北方在没有中立国的监督下，采取自己单独选举的措施。据苏联称，在北朝鲜，参加这次选举的选民占 99.98%，金日成当选北朝鲜的最高领导人。

1948 年 9 月 9 日成立了最高人民会议，它宣布了朝鲜民主主义人民共和国的成立，苏联及东欧各社会主义国家立即予以承认。

由此，朝鲜半岛形成两个意识形态上敌对的政权。但根据历次《大韩民国宪法》以及历次《朝鲜民主主义人民共和国宪法》，朝鲜半岛南北双方都认为朝鲜半岛上只存在一个国家，国家处于分裂状态之中，国家统一是双方努力追求的目标。

1950 年 6 月 7 日，朝鲜领导人向南北双方人民发出呼吁，要求在 8 月 5 日至 8 日在整个半岛举行大选的基础上实现国家的和平统一，并且号召以此为目的于 6 月 15 日至 17 日在海州召开协商会议。6 月 11 日朝鲜 3 名代表越过"三八线"，打算向南朝鲜各政党领导人递交和平统一国家的呼吁书，被南朝鲜政府逮捕。

这样，双方的冲突变得越来越严峻，终于，1950 年 6 月 25 日，朝鲜民主主义人民共和国声称，李承晚在美国操纵下突然向"三八线"以北地区进行全面的武装侵犯。至此，朝鲜战争爆发。

朝鲜告急

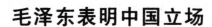
毛泽东表明中国立场

1950 年 6 月 25 日，朝鲜战争爆发。顷刻之间，全世界人们的目光集中到东北亚的这个半岛上来了。

6 月 27 日，美国决定派出海军和空军入侵朝鲜领海、领空，进攻朝鲜人民军，对朝鲜城市狂轰滥炸。同时命令第七舰队向台湾海峡出动，侵占中国领土台湾，阻挠中国人民解放台湾的既定部署。

美国把台湾和朝鲜半岛这两个看起来不相干的地区联系起来，同时采取严重的军事步骤，公然干涉中朝两国的内政，有其战略上的考虑。

从冷战开始以来，美国一直把这两个地区看作是在远东遏制"共产主义扩张"的桥头堡，尤其把中国领土台湾当作自己"不沉的航空母舰"。

对此，毛泽东迅速作出反应，表明中国政府的立场。

1950 年 6 月 28 日，毛泽东在中央人民政府委员会第八次会议上发表讲话，号召全国和全世界人民团结起来，进行充分的准备，打败美帝国主义的任何挑衅。

在这次会议上，毛泽东庄严宣告：

全国和全世界人民团结起来，进行充分的准备，打败美帝国主义的任何挑衅。

他还说：

> 杜鲁门在今年1月5日还声明说美国不干涉台湾，现在他自己证明了那是假的，并且同时撕毁了美国关于不干涉中国内政的一切国际协议。

毛泽东和中共中央作出决策，调几个军到东北，摆在鸭绿江边，加强东北边防。

中朝唇齿相依，中朝人民世代友好，而且在第二次世界大战抗击日本侵略者的战斗中，中朝两国共产党人结下了深厚的友谊。

早在1949年5月，金日成的特使极其秘密地在当时北平香山的双清别墅里见到毛泽东。特使向毛泽东介绍了朝鲜半岛一触即发的战争局势之后，毛泽东表示他同意金日成在信中的看法，朝鲜半岛的冲突在所难免。他向朝鲜同志建议：

> 对你们来说，持久战是不利的，因为即使美国不干涉，也会唆使日本向南朝鲜提供战争的援助。

毛泽东明确表示，他不希望看见战争立即爆发，原

朝鲜告急

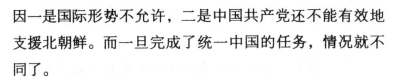

因一是国际形势不允许，二是中国共产党还不能有效地支援北朝鲜。而一旦完成了统一中国的任务，情况就不同了。

毛泽东所说的"统一中国的任务"，就是指解放台湾。当年年底，毛泽东在苏联访问时，金日成也秘密地来到了莫斯科，但斯大林没把这事告诉毛泽东。

对于斯大林来说，在台湾和朝鲜这两个悬而未决的问题中，更让他忧心的是朝鲜。与和苏联的安全没有什么直接关系的台湾相比，朝鲜的地理位置一直是苏联在远东与美国抗衡的重要战略要点。

当美国国务卿艾奇逊把那个将朝鲜和台湾划在防卫范围之外的美国远东防线计划，摆在全世界面前时，斯大林果断地于1950年1月8日向苏联驻朝鲜大使发了一封电报，表示同意向金日成提供援助，并准备随时就此事接见金日成。

1950年3月30日，金日成再次秘密访问莫斯科。斯大林在听取了北朝鲜一旦面临南朝鲜的战争威胁时完整的作战准备计划后，表示满意。

最后，斯大林告诉金日成：应该把计划通报给毛泽东，并坚持一定要征求毛泽东的意见。

5月13日，金日成到达北京。当时，新中国在朝鲜还没有派大使，也没有军事观察人员。毛泽东对金日成所做的一切了解很少。

毛泽东没想到金日成的作战准备计划已经如此完备。

这时，毛泽东才知道苏联将给予金日成一定的军事援助。毛泽东给斯大林发出一封电报告知其与金日成的会谈情况。

第二天，斯大林回电：

> 苏共同意朝鲜人民着手重新统一的建议。但有个附带条件，即问题最终由中国同志和朝鲜同志共同来决定。如果中国同志有不同意见，那么对问题的解决就应该延迟，直到进行一次新的讨论。

1950年6月25日4时，朝鲜战争爆发。果然不出毛泽东所料，朝鲜战争爆发的第二天，美国的第一个反应是：武装封锁台湾海峡。

美国总统杜鲁门发表声明说，台湾是"二战"时对日作战的盟国从日本手里接收过来的领土，"台湾未来地位的决定，必须等待太平洋安全的恢复和对日和约的签订或经由联合国考虑"。

同时，美方命令在世界战舰编队中具有霸主地位的第七舰队进入台湾海峡，称此举是为了保护朝鲜战场侧翼的安全，同时阻隔国共两党的军事冲突。

6月25日与26日，杜鲁门亲自主持接连举行的国家安全委员会会议，会议决定：

朝鲜告急

1. 美国海空军向南朝鲜军队提供全面援助，目前将活动限于"三八线"以南；

2. 命令第七舰队开进台湾海峡，以阻止从大陆对台湾和从台湾对大陆的一切海空行动，将台湾海峡"中立化"；

3. 加强在菲律宾的美军；

4. 加强对在印度支那的法国军队的援助，并派去军事使团。

这时，毛泽东意识到，新生的中国政权面对的是一个世界超级大国，如何决策，对新中国的影响将是十分巨大的。

周恩来严正反驳杜鲁门

1950 年 6 月 28 日 17 时，中央人民政府委员会在北京举行第八次会议，会议议程为听取周恩来总理兼外交部长关于目前国际形势的报告，讨论和通过《中华人民共和国土地改革法》、《中华人民共和国工会法》、中华人民共和国国徽和任命名单。

出席此次会议的有中央人民政府主席毛泽东，副主席朱德、刘少奇、李济深、张澜，委员李立三、林伯渠、叶剑英、何香凝、刘伯承、吴玉章、彭真、薄一波、聂荣臻、周恩来、董必武、赛福鼎、陈嘉庚、罗荣桓、乌兰夫、徐特立、蔡畅、刘格平、马寅初、马叙伦、郭沫若、张云逸、高崇民、沈钧儒、沈雁冰、陈叔通、司徒美堂、李锡九、黄炎培、蔡廷锴、彭泽民、张治中、李章达、李烛尘、章伯钧、张奚若、陈铭枢、谭平山、张难先、柳亚子、张东荪、龙云。

会议开始后，周恩来向会议报告国际形势和他就美国总统杜鲁门声明所发表的声明的内容。会议就此进行了热烈的讨论。

发言的人一致认为杜鲁门的声明彻底地暴露了美帝国主义的真面目，并认为人民政府和全国人民将胜利地击退美帝国主义的任何挑衅，解放台湾和其他属于中国

朝鲜告急

的全部领土。

张治中委员说：

美国这次行动是蓄谋已久的。这个行动是对于东方各民族人民的狂妄的挑衅。中国和东方人民将坚决地予以回击。杜鲁门的声明和去年美国国务院发表的白皮书前后呼应，将教育和激励全国人民更加团结起来，反对美帝国主义的侵略。

黄炎培委员说：

中国人民应该充分准备力量，击退美帝国主义的任何挑衅。最后的胜利定属于我们，因为人心是向着我们方面，而帝国主义则是没有群众的。

章伯钧委员说：

美国政府的挑衅只有引起中国人民更大的愤怒。全国各民主党派、各人民团体应该更加团结起来，反对美帝国主义的挑衅。

李济深副主席说：

美国政府的这种行动是完全有计划的行动。对于这种侵略和干涉我国的行动，必须严正地表示我们的态度。

其他发言的还有李烛尘委员、徐特立委员、李锡九委员等。

在热烈讨论后，毛泽东讲话说：

中国人民早已声明，全世界各国的事务应由各国人民自己来管，亚洲的事务应由亚洲人民自己来管，而不应由美国来管。美国对亚洲的侵略，只能引起亚洲人民广泛的和坚决的反抗。杜鲁门在今年1月5日还声明说美国不干涉台湾，现在他自己证明了那是假的，并且同时撕毁了美国关于不干涉中国内政的一切国际协议。美国这样地暴露了自己的帝国主义面目，这对于中国和亚洲人民很有利。

毛泽东接着说：

美国对朝鲜、菲律宾、越南等国内政的干涉，是完全没有道理的。全中国人民的同情和全世界广大人民的同情都将站在被侵略者方面，

朝鲜告急

而决不会站在美帝国主义方面。他们将既不受帝国主义的利诱，也不怕帝国主义的威胁。帝国主义是外强中干的，因为它没有人民的支持。全国和全世界的人民团结起来，进行充分的准备，打败美帝国主义的任何挑衅。

毛泽东的讲话结束后，会场响起热烈的掌声。

当时，朝鲜局势变得越来越危急。这是一个多事的夏天。

在华盛顿，美国总统杜鲁门避开苏联在安理会的否决权，他巧妙利用"联合国朝鲜委员会"6月份是蒋介石代表担任主席的"良机"，不征求盟国的意见，而以安理会的所谓决议强加给他的盟国。

6月27日，杜鲁门发表声明，宣称"台湾未来地位的决定必须待太平洋安全的恢复，对日和约的签订或经由联合国考虑"。同时下令美国海军第七舰队进入台湾海峡，以武力阻止中国人民解放军解放台湾。

6月28日，周恩来代表中国政府发表声明，严正驳斥杜鲁门声明，斥责美国武装侵略我国台湾省。

周恩来在声明中说：

我现在代表中华人民共和国中央人民政府声明：

杜鲁门27日的声明和美国海军的行动，

乃是对于中国领土的武装侵略，对于联合国宪章的彻底破坏。美国政府这种暴力掠夺的行为，并未出乎中国人民的意料，更增加了中国人民的愤慨。因为中国人民很久以来即不断地揭穿美国帝国主义侵略中国、霸占亚洲的全部阴谋计划，而杜鲁门这次声明不过将其预定计划公开暴露并付之实施而已。事实上，美国政府指使李承晚傀儡军队对朝鲜民主主义人民共和国的进攻，乃是美国的一个预定步骤。其目的是为美国侵略台湾、朝鲜、越南和菲律宾制造借口，也正是美帝国主义干涉亚洲事务的进一步行动。

周恩来在声明中接着指出：

我代表中华人民共和国中央人民政府宣布：不管美国帝国主义者采取任何阻挠行动，台湾属于中国的事实，永远不能改变；这不仅是历史的事实，且已为开罗宣言、波茨坦宣言及日本投降后的现状所肯定。我国全体人民，必将万众一心，为从美国侵略者手中解放台湾而奋斗到底。战胜了日本帝国主义和美国帝国主义走狗蒋介石的中国人民，必能胜利地驱逐美国侵略者，收复台湾和一切属于中国的领土。

朝鲜告急

声明最后说：

中华人民共和国中央人民政府号召全世界一切爱好和平正义和自由的人类，尤其是东方各被压迫民族和人民，一致奋起，制止美国帝国主义在东方的新侵略。只要我们不受恐吓，坚决地动员广大人民参加反对战争制造者的斗争，这种侵略是完全可以击败的。中国人民对于同受美国侵略并同样进行反抗斗争的朝鲜、越南、菲律宾和日本人民表示同情和敬意，并坚信全东方被压迫民族和人民，必能把穷凶极恶的美国帝国主义的战争制造者，最后埋葬在伟大的民族独立斗争的怒火中。

杜鲁门借朝鲜战争大做文章，越来越胆大妄为。6 月 30 日，他下令将美国驻日本的地面部队投入侵朝战争。

接着，他又于 7 月 7 日下达了全国征兵令，决定扩充美国的战斗部队 63 万人，使美国的陆海空三军总额达到 200 多万人，准备以更大的力量进行侵朝战争。

同一天，美国操纵联合国安理会又通过一个非法决议：授权美国指挥下的统一司令部使用参加干涉朝鲜的各国部队，由美国指派指挥这些部队的司令官，并授权该司令部使用联合国的旗帜。

杜鲁门见这个决议通过更加大喜过望，遂指示参谋长联席会议给东京的美国远东军总司令麦克阿瑟发电，任命他为"联合国军"总司令。

随后，杜鲁门举行自朝鲜战争爆发以来的第一次记者招待会。记者紧追不舍地问他美国出兵朝鲜的性质。

"总统先生，据您的解释，这是联合国采取的一次警察行动，对吗？"

杜鲁门推了推架在鼻梁上的眼镜说："是的，完全是这样的。"

这样，美国的不得人心的行动落了个"警察行动"的诨名。

美国操纵联合国通过的几个非法决议，给美国及其伙伴侵略朝鲜披上"合法"的外衣，因此也在联合国这个世界上最大的国际性组织的历史上，写下了不光彩的一页。

朝鲜告急

聂荣臻听取作战室汇报

1950 年 6 月，朝鲜战争爆发后，毛泽东对事态的发展曾经作过各种可能的设想，估计到出现最坏的局面是美军在朝鲜人民军侧后的海岸登陆。

7 月的一天，在中南海，夏风吹拂湖面，碧波荡漾着，堤岸边垂柳婀娜多姿。旖旎的风景，格外宜人。

湖畔砖木结构的居仁堂小楼，坐落在中海和南海的交界处，在碧波侧肃然而立。相传清末时西太后经常在此接见外国使节。民国时期，居仁堂显赫一时，曾作为袁世凯的总统府，为中外瞩目。

总参作战室在居仁堂一层客厅西侧房间内。客厅东侧则是聂荣臻代总参谋长的办公室。在作战室工作的有成普、王亚志、刘长明、龚杰、徐亩元、王甲一等人。

这时，聂荣臻代总长、李涛作战部长、苏联顾问沙哈洛夫大将等人踏着"嘎嘎"作响的红漆木地板走进作战室，例行听取作战室汇报朝鲜半岛的战况。

首先，作战室负责人成普开始汇报：

6 月 25 日人民军向瓮津半岛和开城地区发动了局部战役，6 月 26 日美国总统杜鲁门命令美国空军、海军部队给予南部朝鲜部队以掩护支持，直接干涉朝鲜战争；6月27日又命令美国海军率第七舰队入侵中国台湾海峡，视我国主权于不顾，公然侵犯我国领土。7月7日，美国在苏联代表马立克缺席未投否决票的情况下，操纵联合国安理会通过紧急决议，以联合国名义纠集英国、法国、加拿大、澳大利亚、新西兰、土耳其、荷兰、希腊、菲律宾、挪威、瑞典、哥伦比亚、印度、泰国、南朝鲜15个国家出兵朝鲜，美国沃克的陆军第八集团军直接参加地面作战，迪安少将的二十四师已经在乌山以南的平泽和安城一带进入战斗。

听到这里，沙哈洛夫突然站起来挥舞着拳头大声嚷着："战争爆发了，爆发了。局部战役开始，就是内战的开端。即使南方游击队和民众向北方军队提供帮助，速胜也是不可能的，不可能的，绝对不可能的。"

苏联人都把斯大林称作"当家的"。沙哈洛夫知道"当家的"态度。"当家的"对朝鲜半岛的形势一直都很关注，这个地区不安定，就可能直接影响到亚洲和远东的安全，还可能影响苏美关系。

因此沙哈洛夫一听到朝鲜半岛发生内战，便十分冲动。李涛部长理解沙哈洛夫的心情。他看着面红耳赤的沙哈洛夫忧虑地说："事情发展太突然了，不仅你们觉得突然，我们也觉得突然，一点消息也没有。我们大使馆

朝鲜告急

也没消息。"

聂荣臻也摇头说："中国方面没有任何消息。"

李涛气愤地说：

上旬，担负攻台战役的华东军区副司令员粟裕刚进京汇报了攻台的准备情况，现在美国公然干预朝鲜事务，第七舰队公然侵犯我台湾海峡，阻止我国解放台湾。太猖狂了。朝鲜半岛局势会很快地恶化。

聂荣臻沉思着点点头说："美国第七舰队进入台湾海峡，我解放台湾的困难增大了。"接着，他抬头望着地图上的朝鲜半岛，说：

朝鲜半岛的形势，果然如毛主席所说的，引起了美国军队的直接干涉。形势急转直下，马上会危及我国的国防安全。我必须马上向毛主席报告，应建议毛主席，恐怕需要开国防会议。

其他与会者纷纷表示同意聂荣臻的意见。

组建东北边防军

1950年7月的一天，聂荣臻听取作战室汇报后，马上离开居仁堂，穿过苍松古柏，大步向丰泽园走去。

中南海丰泽园背靠中海，南濒南海，东与勤政殿相连，西为静谷。它包括颐年堂、菊香书屋、春藕斋，始建于清初，统称为"西苑"一部分。

颐年堂东边有一小门，可以通到菊香书屋。菊香书屋幽静沉寂，灿烂的阳光划破树荫，照亮半个院落。

当时，毛泽东在窗前衔烟伫立，心里思量着朝鲜半岛和海峡两岸的形势。突然，毛泽东的思绪被脚步声打断。

聂荣臻魁梧的身影出现在他视线内。毛泽东向书屋的门口踱了两步，对聂荣臻说："你来得正好呀，我正要找你。怎么样，朝鲜半岛情况怎么样？"

聂荣臻说："不好呀，美国沃克的第八集团军参加了地面战斗。"

毛泽东沉思片刻后说：

> 朝鲜半岛的形势可能要恶化。城门失火，殃及池鱼。我国人民想休养生息而不能呀。这个形势我们是估计到的。

聂荣臻说："我国需要有所准备。"

毛泽东注视着聂荣臻，若有所思地说：

　　不能小看朝鲜半岛的形势。发展下去会很快威胁到我国的安全和远东的和平，而且可能引起世界大战。告诉恩来同志，立即召开军委会，研究加强我东北边防问题，以作未雨绸缪之计，包括研究安排部队调动问题，建立指挥机构以及后勤保障问题。

　　毛泽东停顿了一下，又问："必须尽快派得力部队加强东北边防。你们总参谋部考虑保卫东北边防用哪个部队？"

　　聂荣臻说："作战部研究了几次，考虑用现在河南的第十三兵团的三十八军、三十九军、四十军 3 个军以及正在东北的四十二军。"

　　毛泽东问："为什么考虑用第十三兵团的部队呢？"

　　聂荣臻解释说："这几个部队都是 1945 年九十月间最早从山东、苏北根据地进入东北的部队，都是由老部队发展起来的，参加了东北解放战争，气候、地形都熟悉，有在东北作战的丰富经验……"

　　毛泽东微微点了点头说："这个考虑对，考虑用四野的部队是对的。"他接着问："炮兵呢？"

聂荣臻说："炮兵用佳木斯的炮一师，河南的炮二师，安东的炮八师。"

毛泽东表示同意聂荣臻的安排，他说：

战争一旦爆发，很难预料发展到什么程度，什么规模。要立即调整战略重心，抽调部队保卫边防，准备防止东北边境出现的危机情况。一个是调兵，一个是选将。你们好好研究一个方案。现在，还要考虑第二线的兵力问题，做好打大仗的准备，做好进行一场空前军事斗争的准备。我国政府要发表声明，严斥美国政府侵略朝鲜、台湾和干涉亚洲事务的罪行。

聂荣臻说："主席呀，解放台湾困难加大了，粟裕那边怎么办呀？"

毛泽东交代说："告诉恩来，一并研究一下。"

1950 年 8 月，朝鲜人民军在朝鲜南端洛东江同美军和南朝鲜军打成胶着状态后，毛泽东预见到，战争转入持久和美国扩大战争规模的可能性日益增大。

8 月 5 日，毛泽东即致电东北军区司令员兼政治委员高岗，要求东北边防军在月内完成一切准备工作，准备 9 月上旬能作战。并将第九兵团和第十九兵团分别调到津浦、陇海铁路沿线地区，策应东北边防军。

同时，以毛泽东为首的中共中央及时地分析世界战

朝鲜告急

略格局，认为朝鲜战争趋于复杂化，远远超出了南北朝鲜之间的范围，已成为国际斗争的焦点，至少是东方斗争的焦点。

中共中央认为：我国人民不能不有所准备。为防患于未然，在朝鲜军队战斗发展顺利，美国侵略军节节败退之际，于7月7日和10日，中央军委副主席周恩来主持召开两次军委会议，讨论保卫东北边防问题，决定组建东北边防军。

接着，中央立即从广东、广西、湖南、河南、黑龙江等地，抽调第十三兵团的第三十八、第三十九、第四十军和第四十二军，炮兵第一、第二、第八师和一个高射炮兵团、一个工兵团、一个运输团，共25万余人，于7月底至8月初，集结于鸭绿江北岸一带，准备保卫我国东北地区安全和在必要时援助朝鲜人民抗击美国侵略者。

8月下旬，中央军委根据代总参谋长聂荣臻的建议，又决定将上海地区的第九兵团和西北地区的第十九兵团，分别调到津浦、陇海两铁路沿线，以策应东北的边防军。

9月上旬，中央军委为加强东北边防军的力量，又决定将湖北荆沙的第五十军编入东北边防军序列，集结于吉林西南辽源地区。

这样，中国的边防安全便有了坚强的保障。

上海各界抗议美国侵略行径

1950 年 6 月，朝鲜战争爆发后，美国悍然派出第七舰队进入台湾海峡，公开干涉中国内政。上海市各界人民表示坚决反对美国武装侵略中国的领土。

代表上海市 100 万工人的上海市总工会、代表 50 万农民的上海市郊农民协会、代表全华东 20 万海员的中国海员工会华东区委员会、中国新民主主义青年团华东工作委员会、上海市学生联合会、上海市民主青年联合会筹备会、上海市民主妇女联合会筹备会等人民团体，中国国民党革命委员会、中国民主同盟、中国农工民主党、民主建国会等民主党派在上海的地方组织，以及上海工商界、文艺界、文化教育界人士，均于 29 日发表书面意见，一致拥护中央人民政府周恩来就杜鲁门 27 日的声明所发表的声明。

上海市总工会在声明中指出：

> 美国这样对我国公然的侵略行为，上海工人阶级及全中国人民是不能容忍的。我们一定要加倍努力生产，全力支援人民解放军解放台湾。

上海市郊农民协会上书毛泽东，表示决心以增加农业生产来支援从美国侵略者手中解放台湾的作战。

中国国民党革命委员会上海市分部筹备委员会在其所发表的书面声明中说：

> 杜鲁门的声明充分暴露了美帝国主义的狰狞面目，但他绝不能吓倒中国人民及亚洲人民。台湾是中华人民共和国的领土，解放台湾，是我们必须完成的革命任务，谁阻止我们，谁就会葬身在那里。

中国民主同盟上海市支部代理主任委员苏延宾、中国新民主主义青年团华东工作委员会书记李昌、中国海员工会华东区委员会主任委员王阿林及工商界人士经叔平、颜耀秋、王志莘、王性尧等都发表谈话，对美帝国主义的侵略行为，一致表示愤慨，并坚决表示：

> 只要我们团结一致，一定能够打败美帝国主义的任何挑衅。

7月22日，上海各界人民代表2000多人举行集会，反对美国侵略台湾、朝鲜。朝鲜侨民代表应邀到会。

会场的主席台上，悬挂着中国人民领袖毛泽东主席和朝鲜人民领袖金日成将军的巨像，以及中朝两国国旗。

上海总工会主席刘长胜致开会辞后，中国保卫世界和平大会委员会副主席马寅初发表演说：

美帝国主义在朝鲜的侵略行为是非法的。现在美国在政治上、军事上、外交上都已遭受到严重的挫败。

中国保卫世界和平大会委员会上海分会会长盛丕华接着讲话，他指出：

美帝国主义是在走希特勒的老路，必然要遭受到失败。

台湾民主自治同盟主席谢雪红在会上说：

台湾是中国的领土，绝不容许美帝国主义的侵略！

接着，上海文化教育界代表金仲华、各民主党派代表申葆文、宗教界代表邓裕志、工人代表沈涵、市郊农民代表褚舟桃、青年界代表鲁光、妇女界代表黄静汶、工商界代表胡厥文、回民代表宗棣鲜等相继讲话，他们一致痛斥美帝国主义无耻的侵略行为；坚决表示一定以团结一致、努力生产等实际行动，来反对美帝国主义侵

朝鲜告急

略台湾和朝鲜。

朝鲜侨民代表洪安义应邀讲话，他说：

> 朝鲜人民具有击退帝国主义侵略、为争取自由解放而斗争的坚强决心。英勇的朝鲜人民军，现在正给美国侵略者以严厉的惩罚。朝鲜人民必能获得彻底的胜利。

这次大会一致通过致毛泽东、致台湾同胞和致金日成将军的三则电文。致毛泽东的电文说：

> 我们保证尽一切力量，在您的英明领导下，为贯彻反侵略的神圣任务而奋斗到底！

致台湾同胞电中，号召台湾人民和在台湾的有良心的国民党军队及文职人员，一致起来反对卖国贼蒋介石出卖台湾，反对美国对台湾的侵略。

致金日成将军暨朝鲜人民的电文称：

> 我们代表上海 500 万人民，向您和在您领导下英勇作战的全朝鲜军民，致热烈的敬礼！

该电并表示：上海人民将以各种行动声援朝鲜人民的正义斗争！

二、 沉着应变

● 毛泽东紧急电令当时负责东南战事的陈毅：
"立即发动解放东南沿海诸岛的战役。"

● 周恩来说："战争爆发前，毛泽东同志就预
见到美国很有可能出兵，但是没有引起朝鲜
同志的足够重视。"

● 周恩来声明："美国政府应对美军此次侵犯
中国主权及残杀中国人民的行为，担负全部
责任及其后果。"

毛泽东批转公安部政治保卫局报告

1950 年 6 月，朝鲜战争爆发的消息震惊了全世界，所有人的目光都投向东亚的朝鲜半岛。朝鲜战争，对新中国的影响，无疑是巨大的。

中国共产党领导中国人民经过 28 年不屈不挠、艰苦卓绝的斗争，终于推翻帝国主义、封建主义和官僚资本主义在中国的统治。

1949 年 10 月 1 日，毛泽东代表中国人民在天安门城楼上庄严宣告：

中华人民共和国中央人民政府成立了！

从此，百余年来备受欺侮、奴役和压迫的中国人民站起来了。

然而，摆在中国共产党和中国人民面前的形势，依然相当严峻。长期战争的破坏，使整个中国成了一片废墟，到处是"破烂摊子"。"千疮百孔"、"百废待兴"，是对当时中国状况的恰当形容和概括。一切需从头做起。

早在 1950 年年初，毛泽东访问苏联回国以后，立即把主要精力投入到领导国民经济的恢复，土地改革的准备，以及各方面关系的调整上来。

1950 年 6 月 6 日，毛泽东主持召开中国共产党七届三中全会。

毛泽东在提交的书面报告《为争取国家财政经济状况的基本好转而斗争》里，对国际局势有一个总体的估计。他认为：

> 只要全世界共产党能够继续团结一切可能的和平民主力量，并使之获得更大的发展，新的世界战争是能够制止的。

根据这个估计，大会确定当前全党的主要任务，就是为争取国家财政经济状况的基本好转而斗争。全会还决定，要在 1950 年复员一部分军队。

接着，6 月 14 日至 23 日，全国政协一届二次会议在北京召开，会议的中心是讨论落实党的七届三中全会的议题，而重点又是改革封建土地制度的问题。

为了调动一切积极因素，变消极因素为积极因素，毛泽东在闭幕式上发表《做一个完全的革命派》的发言。

毛泽东向与会的党内外同志指出：

> 战争一关，已经基本上过去了，这一关我们大家都过得很好，全国人民是满意的。现在是过土改一关，我希望我们大家都和过战争关一样也过得很好……只要战争关、土改关都过

沉着应变

去了，剩下的一关就将容易过去，那就是社会主义的一关，在全国范围内实行社会主义改造的那一关。

同时，毛泽东还向同志们发出号召：

在国外，我们必须坚固地团结苏联、各人民民主国家及全世界一切和平民主力量，对此不可有丝毫的游移和动摇。在国内，我们必须团结各民族、各民主阶级、各民主党派、各人民团体及一切爱国民主人士，必须巩固我们这个已经建立的伟大的有威信的革命统一战线。

中国人民政治协商会议第一届委员会第二次会议于6月23日闭幕，毛泽东又于24日会见一些进京参加会议的战友和朋友，这时，他认为自己可以好好地休息一下了！这日深夜，他对身边工作人员说道：

我希望今晚能快些入睡，明天上午也不要喊我起床。

然而，第二天，朝鲜战争爆发，一个毛泽东不希望发生的事情终究还是发生了。

自从朝鲜战争爆发后，中国国内各类恶性案件直线上升，且发展到暗杀各地乃至于中央党政军的负责人。

毛泽东看了公安部关于敌人匪特大搞暗杀阴谋的报告，感到异常吃惊，为此，他在这份报告上作批示：

　　兹将中央公安部政治保卫局 6 月 11 日关于匪特暗害阴谋及我保卫工作报告一件发给你们。请你们加以充分注意，指导所属加强保卫工作，彻底粉碎国民党匪特的暗害的阴谋，有效地保卫一切党的领导同志、工作干部及党外民主人士，是为至要。

毛泽东作出上述批示之后，又请来政务院总理周恩来和公安部部长罗瑞卿，听取有关国民党匪特大搞暗害阴谋活动的情况汇报，并研究、提出针锋相对的措施。

沉着应变

坚决镇压一切反革命分子

1950 年，朝鲜战争爆发后，中国国内局势也开始发生变化。面对这些突发事件，以毛泽东为首的中共中央运筹帷幄、高瞻远瞩、镇定自若，带领中国人民一起渡过难关。

当时，中国人民解放战争已经在大陆上基本结束，但是，国民党反动残余在帝国主义指使之下，仍在采取武装暴乱和潜伏暗害等方式进行活动。

他们组织特务土匪，勾结地主恶霸，或煽动一部分落后分子，不断地从事反对人民政府及各种反革命活动，以破坏社会治安，危害国家与人民的利益。

6 月底，毛泽东决定听取罗瑞卿的相关报告，并让周恩来一起，共同商讨决策。

当天，中南海凉风习习，在菊香书屋，毛泽东深深地吸了一口烟。他开门见山地对罗瑞卿说：

今天，我和总理请你来，是想听听近期尤其是朝鲜战争爆发以后，全国范围内的治安情况。

罗瑞卿取出有关材料进行汇报：

战争爆发以后，残留在大陆的政治土匪、国民党特务以及各种反动会道门势力错误地估计了形势，认为"第三次世界大战"即将爆发，蒋介石"反攻大陆"的机会到了，于是便纷纷从阴暗的角落里跑出来，进行各种反动活动。他们炸毁桥梁，破坏工厂矿山，烧毁仓库器材，抢劫粮食财物，残害基层干部和积极分子，甚至组织武装骚扰和暴乱事件。

最后，罗瑞卿说道：

更不能容忍的是，他们还把暗害的矛头对准了党和国家的主要领导人。

毛泽东听后震怒不已，但毛泽东性格坚强，他控制住自己的情绪说："恩来，我们手软是不行的。从目前形势发展来看，你我从苏联回国之后，以中共中央的名义，发个镇压反革命的文件是很不够的！"

周恩来点点头说："是的。"他接着严肃地指出：

看起来，我们必须坚决地肃清一切公开的和暗藏的反革命分子，才能建立与巩固革命秩序，才能保障人民民主权利，才能顺利地进行

生产建设与社会变革。

中央经过缜密研究，最后决定由周恩来主持召开政务院和最高人民法院会议，明令颁发镇压反革命活动的文件。

接着，政务院、最高人民法院于 7 月 23 日发布《关于镇压反革命活动的指示》。文件重申了《中国人民政治协商会议共同纲领》第七条的规定：

中华人民共和国必须镇压一切反革命活动，严厉惩罚一切勾结帝国主义、背叛祖国、反对人民民主事业的国民党反革命战争罪犯和其他怙恶不悛的反革命首要分子……

假如他们继续进行反革命活动，必须予以严厉的制裁。

接着，明确作出如下对反革命分子处理的决定：

1. 对一切手持武器、聚众扰乱的匪众，必须坚决镇压剿灭，并将其主谋者、指挥者及罪恶重大者，依法处以死刑。

2. 对以反革命为目的而杀害公职人员和人民，破坏工矿仓库交通及其他公共财物，抢劫国家和人民的物资，偷窃国家机密及煽动落后分子反对人民政府的一切活动、组织或谍报、暗杀机关，应彻底破获并逮捕其组织者及罪恶重大者，依法处以死刑或长期徒刑。

3. 对怙恶不悛的匪特分子和惯匪，依法处以长期徒刑或死刑。

4. 凡勾结、窝藏上述 3 项重要反革命分子而情节重大者，依法处以长期徒刑或死刑。

随着政务院、最高人民法院公布镇压反革命活动的指示，结合国内、国际尤其是朝鲜战争发展的大势，全国上下掀起了一场有声有色的镇压反革命运动，使新中国的环境更加安定，为后来出兵朝鲜奠定了基础。

沉着应变

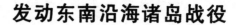

发动东南沿海诸岛战役

1950 年 6 月 25 日，朝鲜战争爆发后，台湾当局幻想利用这个机会"反攻"大陆。

当时，蒋介石得悉北朝鲜发动全面武装进攻，断定南朝鲜难以进行有效的抵抗。他出于把朝鲜战争引发为第三次世界大战，从而借助美国的力量反攻大陆的图谋，分别向李承晚、麦克阿瑟复电，决定派出精锐的五十二军约 3.3 万人经空中或海运赴朝鲜战场，投入战斗。

同时，蒋介石通过外交程序向杜鲁门提出建议。他等不及杜鲁门的回答，急不可耐地于当晚摆出当年同盟国三巨头的架势，通过广播电台向全世界发表讲话，公开宣布对南朝鲜将进行军事援助，派兵驰援李承晚。

6 月 27 日，麦克阿瑟又向杜鲁门告急，并再次请求批准蒋介石的建议，而艾奇逊却对"这头不断地说谎和不断地惹是生非，让人捉摸不定，狂妄而难以驾驭的公牛"嗤之以鼻，擅自扣压此电，并继续反对讨论蒋介石派兵援助南朝鲜的建议。

6 月 28 日，南朝鲜的首都汉城被北朝鲜人民军占领，在美国操纵下联合国安理会趁苏联代表不在时通过介入朝鲜战争的提案。

在台湾急不可耐的蒋介石委派驻美大使顾维均和颜

亲美的胡适去白宫会见杜鲁门，面交他建议派兵驰援南朝鲜的电报副本。杜鲁门显出对台湾十分友好的姿态，当即表示他十分愿意接受蒋委员长的意见，同时答应扩大对台湾的军事援助。

6月29日，麦克阿瑟从朝鲜前线视察回到东京后，第三次急电杜鲁门，详细阐述南朝鲜军队的处境，说这个军队完全丧失了反击的能力。唯一的希望是在朝鲜作战区域投入美国地面部队，并再次请其从速采纳蒋介石的建议。美空军参谋长范登堡上将也向杜鲁门进言，应当接受麦克阿瑟的请求，批准蒋介石的建议。

但艾奇逊向杜鲁门建议说："如果蒋介石的军队开进朝鲜打击北朝鲜共军，毫不怀疑，中共必将加倍地进行打击。那样一来，朝鲜战争马上就会扩大，局势的发展也必然难于控制，其结果不仅美国将要深深地陷进去，而且会把我们的盟友吓跑，使美国孤立。"

杜鲁门终于被艾奇逊说服，否决了蒋介石的建议，要其"保卫"台湾，并对国民党的军队有所限制，不准对大陆采取军事行动，影响美国在亚太地区的军事部署。

这时，在中南海菊香书屋，有着丰富军事斗争经验的毛泽东点燃了一支烟，便陷入沉思当中。

由于"联合国军"介入朝鲜战争，尽管北朝鲜军队正风扫残云般地胜利前进着，但毛泽东预感到未来战争的复杂趋势，很可能引发成以苏联为首的社会主义阵营与以美国为首的反共阵营的大较量。

沉着应变

7月1日，就在"联合国军"入朝参战的第二天，中国人民解放军海军协同陆军一举解放伶仃岛和三门列岛、大小万山群岛等30多个岛屿，击毙国民党海军第二舰队司令齐志鸿。

此举惊动了华盛顿，美方忙增派美空军十三航空队常驻台湾，设立前线指挥所。

7月4日，中国人民解放军解放珠江口外担杆、佳蓬列岛，至此珠江口外岛屿全部解放。

5日，美第一批F-80型飞机进驻台湾。在中国人民解放军凌厉攻势下，国民党台湾军事当局见美第七舰队的舰只，只是在台湾海峡巡游不直接支援华东沿海岛屿上的国民党守军，不得不打算从金门及诸岛撤军。

7月13日，对台湾特别关注的麦克阿瑟亲率16名高级官员组成的代表团抵达台湾，次日同蒋介石以交换形式签订《台美联防互助协定》，由美蒋共同防守台湾，并决定驻台双方陆海空军归麦克阿瑟统一指挥。

当时，70岁的麦克阿瑟向蒋介石发誓说："如果赤色中国愚蠢地来进攻台湾，我将火速赶来指挥！"他甚至狂妄地喊叫道："我每个夜晚都祈祷赤色中国能这样做，我常常是跪在那里祈祷。"

蒋介石对麦克阿瑟十分崇敬而且深信不疑，他立即下令"与共产党斗争，寸土不让"，停止从金门撤军并又进占了刚刚放弃的浙江沿海部分岛屿。

知己知彼的毛泽东十分清楚美国拥有世界上最强大

的海空军，而美蒋在台海已做了充分准备，若再实施渡海作战显然是以己之短击敌之长，而待机选择陆地战场同美国侵略者进行较量，则能充分发挥我军的优势。

8月11日，毛泽东通过中央军委致电陈毅，停止攻击金门和沿海其他岛屿。

当时，在朝鲜战场上，朝鲜人民军进攻迅猛，势如破竹，使李承晚军队一败涂地，它的保护人美国当然不能无动于衷。美国远东军总司令麦克阿瑟冒雨飞往朝鲜战场实地考察。

此后，麦克阿瑟向华盛顿政府发出了美国应直接出兵的呼吁：

> 守住目前战线并能在日后收复失地的唯一保证就在于把美国地面部队引入朝鲜战区。要继续利用我们的空军和海军而无有效的地面部队配合，就不能起决定性作用，除非在这被破坏的地区为充分利用海陆空军联合部队做出准备，否则我们的使命将只是白白牺牲生命、耗费金钱和丧失威信，在最坏的情况下，可能遭到彻底的毁灭。

沉着应变

不到24小时，美国总统杜鲁门就发表声明，宣布他"已命令美国的空海部队给予南朝鲜政府部队以掩护和支持"，授予麦克阿瑟使用地面部队的权力。

于是，美军第二十四师、骑一师、第二十五师和第八集团军先后离开日本抵达朝鲜战场。同时，美国海军第七舰队和第十三航空队开赴台湾，以阻止中国共产党部队对台湾的进攻，保持台湾的"中立"。

6月28日，朝鲜人民军攻占了汉城。

7月20日，朝鲜人民军又攻占大田，生俘美军第二十四师师长威廉·迪安。

到8月中旬，金日成的军队已解放了南朝鲜80%的地区，将美李军压缩到洛东江以东仅1万平方公里的狭小地区。再往前，就是浪涛滚滚的大海了。

然而，麦克阿瑟毕竟是位五星上将，他根据自己对日作战的经验和朝鲜地形南北狭长、美军海军空军力量强大又善于联合作战的优势，提出仁川登陆作战计划。经过激烈的争吵和论证，登陆计划被五角大楼批准。

周恩来约见苏联驻华大使

朝鲜战争爆发后，毛泽东对美国的干涉显得较为慎重，他认为，北朝鲜的部队必须注意防御。受毛泽东委托，周恩来在当天约见苏联驻华大使罗申，并转告说：

> 战争爆发前，毛泽东同志就预见到美国很有可能出兵，但是没有引起朝鲜同志的足够重视。现在美军已进入朝鲜，人民军能否挫败美国的武装干涉顺利解放南朝鲜实在令人担心。

毛泽东希望朝鲜同志能加强对仁川一带的防御，因为美国人可能在那里或其他地方登陆，对人民军实行分割包围。

周恩来还告诉罗申，为了以防万一，中国政府准备在中朝边境集结 9 个师的兵力。如果美军越过"三八线"，中国军队将进行抵抗。在这个问题上，中国政府希望听取斯大林的意见，同时希望在这种情况发生时，苏联能够出动空军对中国部队给予空中掩护。

罗申很快将中国政府准备在东北集结军队的想法告诉了莫斯科，斯大林给予积极的肯定。

斯大林让罗申转告周恩来：

沉着应变

　　在敌人越过"三八线"的时候，集中9个师的兵力，以志愿军的名义入朝作战，这是正确的。

　　斯大林表示，苏联"将尽力提供空中掩护"。但是，斯大林的乐观态度并没有维持多久。

　　自朝鲜战争爆发以来，人民军顽强奋战，从北纬38度线一直打到北纬35度线。

　　7月初，鉴于美军地面部队已经投入战斗，人民军最高司令部组织了前线司令部，负责第一、第二军团的作战指挥。任命金策为前线司令官、金一为军事委员、姜健为参谋长，统一指挥人民军第一军团和第二军团。战役企图是，抢在美军基本兵力展开之前歼灭锦江、安东一线的"联合国军"，而以大田为主要突击方向。

　　大田这座城池是联结中部朝鲜和湖南、岭南地区的战略要地，是李承晚退出汉城宣布的"临时首都"。金日成将军亲临前线，指挥这次战役。

　　7月13日，越战越勇的朝鲜人民军进抵锦江，星夜强渡成功。这时由公州向论山挺进的人民军以一部向东迂回至大田以南，另一部进至大田以西。

　　与此同时，由清州南进的人民军步兵和坦克的联合部队进至大田西北和北部地区。7月19日下午，完成了对大田的包围。7月20日拂晓，人民军各部密切协同，对大田发起总攻。

亲临大田前线指挥的美军二十四师师长迪安从睡梦中惊醒，他的整个二十四师兵力分散，大多数士兵没有战斗经验，并因屡遭败仗而士气低落。迪安所在前线指挥部所能指挥的部队不超过3个营，他企图率领部队向东南突围，但退路已被切断。美军第二十五师和骑一师的增援，也被阻住。

经过激战，人民军的坦克突入大田市区，美军二十四师残余部队被分割成小块，各自为战。迪安也自己扛着"超级巴祖卡"火箭筒，带着一个反坦克小组到处去打人民军的坦克。

人民军从19日夜又开始新一轮进攻。20日，人民军突进大田市区。迪安随第二十四师残部向沃川撤退。由于弄错了通往沃川公路的拐角，迪安一行的两辆吉普车迷路了。行至大田以南一公里的地方，两辆吉普车遇到路障，并遭人民军狙击手的袭击，迪安等人只好弃车逃到山里。

美军最早到达朝鲜的第二十四师，从7月5日的乌山战斗至21日，在17天的战斗中损失兵员7305人，占总人员的45.6%和装备的60%。

7月21日，与部队失去联系的迪安被认为已经战死，美军立即任命了新的第二十四师师长。

原来，迪安一行在山中寻路南逃。21日夜间，迪安口渴难忍，就独自一人循着流水的声音去找水喝，因天

沉着应变

黑失足滚下山坡，肩部和肋部骨折，头部也受伤，失去了知觉。随行人员四处寻找没能找到他，只好离去。

迪安苏醒后孤身在锦山南部地区徘徊，寻找美军部队。由于染上了痢疾，并且觅食困难，迪安非常虚弱并逐渐消瘦。8 月 25 日，徘徊 36 天的迪安在大田以南 35 公里的镇安附近被朝鲜人民军抓获，成为朝鲜战争期间美军战俘中军衔最高的人。

威廉·迪安在战俘营中生活了 3 年，于 1953 年 9 月 4 日在板门店被遣返。当他回到美国自己家时，看见家中悬挂着一枚美国政府于 1951 年 2 月 16 日颁发给他的荣誉奖章，奖章颁布的理由是他为美国的利益而"光荣战死"。

然而，随着战线不断向南推移，补给线也在延伸，长达 300 公里，海岸线的防御任务逐渐加重。

除此以外，人民军还要顶住美军的空中压力，保证军需品的供应。特别是美国的武装干涉逐步升级，美军派往朝鲜的军队不断增加，双方力量的对比逐渐发生变化，战争开始形成胶着状态。

强烈谴责美国的侵略暴行

1950 年 7 月 23 日，即朝鲜人民军发起第四次战役的第三天，麦克阿瑟向美国参谋长联席会议递交了一份登陆计划，美军准备以陆、海、空三军配合，于 9 月在人民军后方实施登陆。

8 月底，斯大林转告金日成："不要因为和外国干涉者的战争中没有取得连续的胜利而不安，胜利有时也会伴随着一些挫折，甚至局部的失利。"他相信："外国干涉者很快地会被赶出朝鲜。"

斯大林还安慰金日成："现在朝鲜并不孤立，它有现在和将来都将援助它的盟友。"

另外，斯大林还就如何作战的问题提出了一些建议。

中国人民在强烈抗议美国侵略行动的同时，一再主张和平解决朝鲜问题，支持苏联常驻联合国代表马立克在安全理事会上提出的和平解决朝鲜问题的建议，主张在朝鲜停止军事行动，并从朝鲜撤退一切外国军队。

但美国不顾中国人民的一再抗议和谴责，也不理睬中国和苏联关于和平解决朝鲜问题的建议和主张，继续扩大战争。

8 月 27 日，美国侵略朝鲜的空军飞机，先后以 5 批 13 架次侵入我国领空，扫射我国东北边境地区的辑安、

沉着应变

安东等地的火车站、机场等。

当天 10 时 5 分，有 3 架美国 P – 51 飞机及一架蚊式飞机，飞抵鸭绿江上游右岸临江城及其附近大栗子车站地区上空，先在大栗子对车站扫射两分钟，继在铁路线上扫射两分钟，击坏机车一辆。

至 11 时 4 分，在同一地区上空，又飞来 4 架美国飞机，对江桥一带扫射 11 分钟，击坏机车两辆，客车一辆，守护车一辆，伤司机一人，居民一人。

当天 14 时 30 分，一架美国 B – 29 飞机，飞抵鸭绿江下游右岸安东上空，盘旋侦察一周。至 16 时 40 分，又有两架美国 P – 51 飞机来安东机场上空，扫射两分钟，伤工人 19 名，死 3 名，击坏卡车两辆。

对此，周恩来发表声明，代表中华人民共和国政府向美国提出严正抗议。

周恩来严正指出：

据我东北人民政府报告，8 月 27 日，美国侵略朝鲜军队军用飞机侵入我中华人民共和国领土上空，沿鸭绿江右岸扫射我建筑物、车站、车辆及中国人民以致伤亡等事，情形极为严重。事实经过是本日上午 10 时 4 分，有美国 B – 29 飞机两架，飞抵鸭绿江中游右岸辑安城及其附近上空，盘旋侦察十余分钟。

……

对于上述美国侵略朝鲜军队此种侵入中国领土上空的挑衅和残暴行为，本人特代表中华人民共和国中央人民政府向美国政府提出严重抗议。美国政府应对美军此次侵犯中国主权及残杀中国人民的行为，担负全部责任及其后果。本人要求美国政府：1. 立即惩办美国空军此次侵入我国领空，杀伤我国人民及击毁我国车辆的挑衅和残暴罪行的侵略分子；2. 负责赔偿中国方面所受的一切损失。

本人并代表中华人民共和国中央人民政府声明：对于美国侵略朝鲜的军队此种挑衅和残暴的罪行，保留继续提出要求的一切权利。

中华人民共和国中央人民政府

外交部部长周恩来

1950 年 8 月 27 日于北京

28 日以后，美国侵朝空军的飞机不断继续侵入我国领空，对我国城乡进行轰炸扫射，我国边境人民伤亡惨重，财产遭到破坏。

面对美军暴行，中国人民表示强烈抗议。

9 月 8 日，北京市各公私营工厂企业行业及文教团体的劳动模范代表刘德珍、曹宪波、李书和、张凤泉、侯德原、胡泉桂、王忠和等 145 人联名电告联合国安全理

沉着应变

事会，要求迅速制裁美帝侵略行为，原文如下：

> 联合国安全理事会主席杰伯先生及秘书长赖伊先生：
>
> 　美国政府杜鲁门总统在6月27日发表声明，公然派第七舰队侵略我国台湾，妄图阻止我军解放台湾，继又于8月27日、29日派美国侵朝空军连续侵入我国东北领空，杀伤我国人民。对于美国此种武装侵略挑拨战争的无耻暴行，我们北京市工人劳动模范代表们表示异常的愤怒与痛恨。我们坚决拥护我国中央人民政府周恩来外长向美国政府提出的严重抗议及向联合国提出的控诉，我们要求联合国迅速制裁美国政府此种侵略行为，立即撤退其侵略台湾与朝鲜的美军，以保障远东与世界的和平。

　朝鲜战局的发展，让中国领导人明显感觉到参战的紧迫性。

三、 艰难决策

● 毛泽东指出："美帝国主义如果干涉，不过
  '三八线'，我们不管，如果过'三八线'，
  我们一定过去打。"

● 周恩来回答得干脆而有力，他说："美国人
  入侵北朝鲜往北推进，将会遭到中国人的
  抗击。"

● 毛泽东略带感慨地说："这下我就放心了。
  现在美军已分路向'三八线'北冒进；我们
  要尽快出兵，争取主动。"

毛泽东分析美军的长处与短处

1950 年 8 月 5 日，朝鲜战场情势危急，美军向朝鲜集结兵力。毛泽东即致电东北军区司令员兼政治委员，要求东北边防军在月内完成一切准备工作，准备 9 月上旬能作战。

8 月 18 日，毛泽东又电东北军区司令员，要边防军务必在 9 月 30 日以前完成一切准备工作。

随后，根据代总参谋长聂荣臻的建议，中央决定将第九兵团和第十九兵团分别调到津浦、陇海铁路沿线地区，策应东北边防军。

到了 8 月底，毛泽东建议在原来 4 个军的基础上再增加 8 个军，达到 12 个军。

9 月 5 日，中央人民政府委员会第九次会议在北京召开，在这次会议上，毛泽东发表讲话指出：

就目前的情况来看，朝鲜战争持久化的可能性正在逐渐增大。

这是一个十分重要的判断。毛泽东还分析美军的长处和短处，概括起来是"一长三短"。他说：

它在军事上只有一个长处，就是铁多，另外却有三个弱点，合起来是一长三短。

三个弱点是：一是战线太长，从德国柏林到朝鲜；二是运输路线太远，隔着两个大洋，大西洋和太平洋；三是战斗力太弱。

与会人员对毛泽东精辟的分析表示赞同。

尽管如此，毛泽东并没有轻敌大意。他在讲话里提出要防备美帝国主义乱来，打第三次世界大战的问题。他说：

所谓那样干，无非是打第三次世界大战，而且打原子弹，长期地打，要比第一、第二次世界大战打得长。我们中国人民是打惯了仗的，我们的愿望是不要打仗，但你一定要打，就只好让你打。你打你的，我打我的，你打原子弹，我打手榴弹，抓住你的弱点，跟着你打，最后打败你。

当时，毛泽东已经做好了准备，在迫不得已的情况下，要出兵支援朝鲜，打击美国这个不可一世的霸权强国。

但是，毛泽东有一个"底"，这个"底"就是美军是不是过"三八线"。当时，毛泽东指出：

艰难决策

美帝国主义如果干涉，不过"三八线"，我们不管，如果过"三八线"，我们一定过去打。

在战场上，8月20日，朝鲜人民军已经把美军压在了日本海边一个极有限的空间釜山地区，几乎已无退路。

当时，朝鲜人民军占领了南朝鲜包括20%人口在内的90%的土地，并且在占领区开展了土地改革，举行各级行政机关的选举，实行了朝鲜的法令，南北统一只差一步之遥。

8月30日，朝鲜人民军在釜山发起决战，但战役开始后，由于随着战线的南移，人民军的后勤补给线越来越长，"联合国空军"的飞机对长达300多公里的后勤补给线狂轰滥炸，人民军的战时补给越来越困难了，面对装备精良的"联合国军"已经显得有些力不从心。

中方向朝方通报示警

1950年9月初，中国驻朝鲜大使馆政务参赞柴成文从平壤回国，汇报有关朝鲜战争的问题，时值釜山战局处于僵持阶段。

柴成文向时任中国人民解放军代总参谋长的聂荣臻汇报情况时，特别提了一个观点，就是美军正积极准备反攻，很可能会在北朝鲜人民军的侧后实施登陆作战，而地点很可能在仁川。

柴成文对这个判断的理由是：

> 仁川是汉城的门户，占领仁川可以直捣汉城，可以一举切断人民军的后勤补给线，同时又可以和釜山防御圈里的美军呼应。

当时，另有情报显示，美军在仁川沿海活动频繁。这是一个事关全局成败的判断。聂荣臻速报毛泽东。

毛泽东注视着朝鲜的军事地图沉思了一夜，他认为柴成文的判断是有道理的，他立即打电话给周恩来，通过特殊渠道向金日成报警。

果然不出柴成文所料，9月15日凌晨，以善于登陆战闻名于世的麦克阿瑟亲率美军冒险在仁川登陆成功，

艰难决策

朝鲜战局发生重大变化。

为了扭转颓势，麦克阿瑟策划了在"三八线"稍南、位于汉城以东的海港仁川登陆的计划。

仁川具有优良的天然防御条件，由于仁川与釜山相距甚远，完全隔离，这次登陆极为冒险，美国海军参谋长谢尔曼认为，如果要把一切地理上和海军方面的不利条件都列出来，仁川是一应俱全的。

美国参谋长联席会议建议在釜山以北的群山港实行登陆作战，但麦克阿瑟坚持己见，最后杜鲁门批准了仁川登陆计划。

金日成没有料到，就在他全力以赴地攻打釜山美军、防备美军从群山港登陆时，另一支庞大的舰队已悄悄地驶向了仁川湾。这支舰队共有 261 艘舰艇、750 余名官兵。这支舰队先是隐蔽地穿过济州海峡，继而又经过黄海海域，于 9 月 14 日午夜时分抵达仁川外湾。

夜幕降临，美军的第一进攻梯队已悄然逼向仁川港外月尾岛上的守军。当时的朝鲜守军虽然知道美舰可能发起攻击，但未料到攻击竟是如此突然。加上夜色太浓，以致美军突然出现在他们眼皮底下时才开始还击，但这一切都为时已晚。

9 月 15 日 5 时，数以万计的炮弹从美军巡洋舰上铺天盖地而来，10 多分钟过后，月尾岛上已是面目全非，到处是一个个深深的弹坑。

与此同时，航空母舰上的数百架飞机一齐升空，对毫无防守之力的仁川港朝鲜人民军倾泻下了数千吨炸弹，摧毁了守军阵地上的所有防护设施，造成大批朝鲜人民军伤亡。

炮声刚停，美军的陆战队便以迅猛的速度乘坐小艇，爬上月尾岛松软的沙滩，继而逐步地向前推进。第一批美国登陆部队已被岛上顽强的朝鲜人民军压了下去，但第二批、第三批部队又迅猛地发起了攻击。凭借武器与人数上的优势，在开战两个小时内他们便一举夺下仁川港的防守基地月尾岛。在此登陆战中，进攻部队伤亡17人，守军伤亡200余人，其中一半以上是被活埋或烧死在洞穴里的，另有136人被俘。

在仁川抗登陆作战中，朝鲜人民军首次对登陆舰队使用战场无线电干扰技术，大功率的发射机使登陆部队与海面舰队之间的联系几乎陷于瘫痪，因此登陆部队基本上是在各自为战的条件下取得成功的。

9月15日夜间，朝鲜人民军最高司令部认识到在仁川击退美军的登陆行动已经是不可能的了，决定在次日天明之前，从市内撤走剩余的部队，重新组织防线。

美军7万多人在仁川港登陆，28日占领汉城，切断位于朝鲜南部洛东江边的朝鲜人民军主力的退路。

其实，早在当年8月份，中国总参谋部的作战参谋们对朝鲜战局进行反复研究后就认为，美国"在仁川登陆的可能性很大"。

8月23日晚上，作战室主任雷英夫向周恩来作了汇

艰难决策

报后，立即得到毛泽东的召见。毛泽东详细询问情况后指出，美军在仁川登陆确实是个值得注意的大战略问题，并立即决定采取3项措施：

　　1. 检查督促东北边防军战备情况，严令在9月底以前完成一切作战准备工作，保证随时可以出动；

　　2. 将美军可能在仁川登陆及朝鲜人民军应该应付最坏情况的估计告诉朝鲜和苏联方面；

　　3. 总参谋部和外交部要随时密切注视朝鲜情况的变化。

　　但遗憾的是，当时朝方对中方通报的情况未予以足够的重视。

中国政府向美国发出严正警告

1950 年 9 月 15 日，朝鲜战局发生急剧变化。美国、南朝鲜军占领汉城，朝鲜人民军被迫实行战略退却。

9 月 18 日，中国驻朝鲜大使倪志亮发回电报，报告朝鲜民主主义人民共和国首相金日成谈最近朝鲜战况并准备长期作战的情况。

20 日，周恩来复电倪志亮，要他向金日成转告中共中央对目前朝鲜战局的意见。毛泽东审阅并修改这个电报。复电说：

> 我们认为你的长期作战思想是正确的。朝鲜军民的英勇是令人感佩的。估计敌人在仁川方面尚有增加可能，其目的在于向东延伸占领，切断朝鲜南北交通，并向"三八线"进逼。而人民军必须力争保住"三八线"以北，进行持久战方有可能。因此，请考虑在坚持自力更生长期奋斗的总方针下，如何保存主力便于各个歼灭敌人的问题。

艰难决策

复电还提出一些具体建议，并且说明：

以上所陈，系站在朋友和同志的立场提出，供你们参考。

当时，中国政府已经得到准确情报：

美军要越过"三八线"。

9月29日夜，毛泽东收到周恩来的报告：

美帝国主义已在公开表示将进军"三八线"以北。从倪志亮27日电看来，"三八线"北已无防守部队，似此情况甚为严重，敌人有直趋平壤可能。

在朝鲜民主主义人民共和国处境十分危急的紧要关头，9月30日，周恩来在中国人民政治协商会议全国委员会庆祝中华人民共和国建国一周年大会上作报告时，对美国的侵略行动发出严正警告：

中国人民在解放自己的全部国土以后，需要在和平而不受威胁的环境下，来恢复和发展自己的工农业生产和文化教育工作。但是美国侵略者如果以为这是中国人民软弱的表示，那就要重犯与国民党反动派同样严重的错误了。

中国人民热爱和平，但是为了保卫和平，从不也永不害怕反抗侵略战争。中国人民绝不能容忍外国的侵略，也不能听任帝国主义者对自己的邻人肆行侵略而置之不理。谁要是企图把中国近5亿人口排除在联合国之外，谁要是抹煞和破坏这四分之一人类的利益，而妄想独断地解决与中国有直接关系的任何东方问题，那么，谁就一定要碰得头破血流。

这是中国政府向美国政府发出的一个明确的警告。周恩来演说稿在大会召开之前，曾由毛泽东审阅。毛泽东亲笔加上了不能"听任帝国主义者对自己的邻人肆行侵略而置之不理"一句话。

从此，不能"置之不理"这句话脍炙人口，成为"新中国外交风格"的体现，也是中国政府立场最清晰、简洁的说明。

艰难决策

周恩来深夜约见印度驻华大使

1950 年 9 月下旬的一天，在北京，印度潘尼迦大使要求会见聂荣臻。

聂荣臻在军委对外联络处应约会见潘尼迦。潘尼迦提及朝鲜半岛形势，担心万一发生什么事情，将要使中国的建设拖后 10 年、8 年。

聂荣臻则回应说：

> 如果帝国主义者果真要发动战争，那么，中国人民也只有起而抵抗。一个国家不付出牺牲是不能捍卫独立的。

事后，潘尼迦大使判断，中国这是发出措辞严厉的警告，不能不屑一顾。他立刻把谈话内容报告给印度外交部，而在伦敦的美国外交官很快从印度获悉这些内容。

10 月 3 日 1 时，印度大使馆接到中国外交部的电话，秘书把潘尼迦大使从梦中叫醒，通知他立即去周恩来的住处。

潘尼迦发现屋里屋外的气氛都很肃静。他走进屋时，周恩来站起身来迎接他说："很对不起，深夜把您唤醒。"接着，周恩来亲手给他摆上茶。

潘尼迦知道周恩来是个日理万机、极其务实的人。联想到前几天聂荣臻的谈话，他猜测是有关朝鲜战争问题，才会让他深夜到这里。

寒暄过后，周恩来开门见山地说：

> 大使先生，有这样一个信息：如果美国人越过"三八线"，向中国边境不停地推进，中国将被迫对朝鲜战争进行干预。但我们非常希望和平解决朝鲜问题，美国政府听了麦克阿瑟的话，往往会判断失误，会遭到大的失败。

潘尼迦听出周恩来话中的用意。他问："总理阁下，你认为美国人越过'三八线'，会推进到中国边界吗？"

周恩来点点头说："是的，美国超过'三八线'，不会停止前进。"

潘尼迦说："杜鲁门总统曾要麦克阿瑟将军慎重推进，尤其不要过于接近中国边境。"

周恩来强调说：

> 杜鲁门对麦克阿瑟向中国边境推进进行了提醒，但不是坚决地制止。

潘尼迦略作思考后问："如果美国人越过'三八线'再往北推进，中国怎么办？"

周恩来回答得干脆而有力，他说：

美国人入侵北朝鲜往北推进，将会遭到中国人的抗击。

在谈话最后，周恩来强调：

美军企图越过"三八线"，以扩大战争，我们要管。这是美国政府造成的严重情况。

我们主张朝鲜事件应该和平解决，不但朝鲜战事必须即刻停止，侵朝军队必须撤退，而且有关国家必须在联合国内会商和平解决的办法。

当时，潘尼迦已经知道中方在鸭绿江边，建立了东北边防军。潘尼迦立即向印度转达中国更高层次的警告：

美国人注意，不要越雷池一步，否则中国必将干涉。

他相信中国的警告会说到做到，而不是虚张声势。

周恩来 9 月 30 日报告中的声明和 10 月 3 日与潘尼迦的谈话，在国际上产生了巨大而深远的影响。先礼后兵，中国已仁至义尽。

可是，美国方面的反应十分麻木不仁。艾奇逊认为，周恩来和潘尼迦的谈话只是私下谈话，不屑一顾，因为中国随时对此可以否认，如果中国人"打算参加扑克牌游戏的话"，他们就应该比现在亮出更多的牌。美国不应对大概是中国共产党的一个恐吓过分担心。

而杜鲁门则认为："潘尼迦先生在过去就是经常同情中国共产党的家伙，因此他的话不能当做一个公正观察家的话来看待，充其量不过是一个共产党宣传的传声筒罢了。"

中国的警告也很快传到麦克阿瑟耳朵里，但他置若罔闻。他早就考虑过中苏介入的问题，当时美国空军参谋长霍伊特·范登堡还在东京。

麦克阿瑟信心十足地告诉范登堡："从满洲和符拉迪沃斯托克出来的唯一通道上遍布着隧道和桥梁，我看这里特别适合使用原子弹……"

不过，麦克阿瑟确信即使不用原子武器，中国也无力在北朝鲜维持若干万人的部队。麦克阿瑟相信，中国至多能有几千志愿军参战而已。

艰难决策

朝鲜求援出兵救急

1950年10月1日，南朝鲜军越过"三八线"。当天，麦克阿瑟向朝鲜发出"最后通牒"，要朝鲜人民军无条件"放下武器停止战斗"。此刻，"联合国军"在南朝鲜已经集结33万兵力。

当时的情报显示，美军正在做越过"三八线"的准备，并且有可能直趋平壤。在此情况下，金日成只好向苏联和中国求援。

10月1日凌晨，金日成的求援信由苏联中将什特科夫转给斯大林。求援信说：

本来敌人已经被赶到南朝鲜的最南端了，我们极有可能在最后的决定性战役中取得胜利。但是，美国动员了太平洋地区所有的陆、海、空军，于1950年9月16日在仁川登陆。随后，敌人同我们在汉城展开巷战。

金日成诚恳地说：如果敌人加快向北朝鲜实行进攻，我们将无力用自己的力量阻止他们。因此，我们不得不向您请求特别帮助。"也就是说，当敌军越过'三八线'时，我们非常需要苏联的直接军事援助。"但是，"如果由于某种原因不能做到这一点，那么请帮助我们在中国和其他人民民主国家组建国际志愿部队，为我们的斗争提供军事支援"。

10月3日，朝鲜劳动党中央常委、内务相朴一禹携带金日成、朴宪永联合签名的求援信来到北京，亲手交给毛泽东。

求援信中虽然表示，北朝鲜一定要不惜流尽最后一滴血，为争取朝鲜人民的独立解放而斗争到底，但又说，如果敌人继续进攻"三八线"以北地区，靠他们自己的方量，是难以克服此种危机的。

信中最后指出，"我们不得不请求中国给予我们以特别的援助"，即"在敌人进攻'三八线'以北地区的情况下，亟盼中国人民解放军直接出动援助我军作战"。

两封求援信有一点是共同的，即在敌人向"三八线"北部地区发动进攻时，希望苏联和中国直接出动武装力量给予援助。

但是，莫斯科不可能直接出兵。在接到求援信的当天，斯大林回信金日成，鼓励说，不要低估了朝鲜在组织防御方面的实力和能力，"北朝鲜有极大可动员的潜力和资源"，所以，"我们认为，北朝鲜不能在'三八线'及以北地区进行抵抗的观点是错误的"，莫斯科相信，"朝鲜政府有足够的力量，所需要的只是把所有的力量组织起来并尽其所能地进行战斗"。

至于提供直接军事援助的问题，斯大林表示，"我们

艰难决策

认为更可以接受的形式是组织人民志愿军。关于这一点，我们必须首先与中国同志商量"。

当天，斯大林在给罗申的电报中对朝鲜局势的估计就没有那么乐观了。他要罗申尽快转告毛泽东或周恩来：

> 朝鲜同志的情况变得令人绝望……你们如果认为能用部队给朝鲜人以帮助，那么至少应该将五六个师迅速推进至"三八线"，以便朝鲜同志能在你们部队的掩护下，在"三八线"以北组织后备力量。中国师可以以志愿者的身份出现。当然，仍由中国的指挥员统率。

但斯大林表示，关于此事，"我没有也不打算透露给我们的朝鲜朋友，但我相信，当他们得知这一消息时，无疑感到高兴"。

斯大林这样说，无疑把出兵援助朝鲜的责任推给了中国，而且使他的中国盟友陷入无法拒绝的境地。

尽管毛泽东对出兵已有思想准备，但是要使一个刚从战火中获得新生的人民共和国，再次面临血与火的考验，同世界上头号帝国主义美国决一雌雄，下这个决心要有何等的气魄和胆略！

当时，中美两国的国力相差悬殊。1950 年，美国钢产量 8772 万吨，工农业总产值 2800 亿美元。而当年中国的钢产量只有 60 万吨，工农业总产值只有 100 亿美元。

美国还拥有原子弹和世界上最先进的武器装备，具有最强的军工生产能力。就连实力雄厚的苏联，也不愿因为援助朝鲜而冒同美国直接冲突的危险。

中国出兵会不会导致同美国直接对峙？美国大举轰炸中国的重工业基地东北和内地大城市怎么办？这些都是需要十分慎重考虑的问题，稍有疏忽，都会造成不堪设想的后果。

况且，毛泽东还要有充分的理由和耐心说服中央决策层的其他成员，当时在出兵的问题上意见不一。这是毛泽东一生中最难作出的决策之一。

毛泽东接到朝鲜政府请求中国出兵的信息已是 10 月 1 日深夜。2 日 2 时，毛泽东立即致电驻守在东北的司令员高岗、邓华：

> 请高岗同志接电后即行动身来京开会。
> 请邓华同志令边防军提前结束准备工作，随时待命出动，按原定计划与新的敌人作战。

毛泽东还在周恩来给驻朝鲜大使倪志亮的电报稿中加写下一段话，要他转告金日成：

> 尽可能将被敌切断的军队分路北撤外，凡无法撤退的军队应在原地坚持打游击，切勿恐慌动摇。如此就有希望，就会胜利。

10月1日，在古都西安正举行庆祝建国一周年大会。解放军第十九兵团7000多名指战员同22万群众一起，迈着整齐的步伐通过观礼台。

观礼台上的彭德怀举手向队伍还礼。他时任中共中央西北局第一书记、西北军政委员会主席、西北军区司令员兼政治委员、中央人民政府人民革命军事委员会副主席。

52岁的彭德怀个子不高，精神矍铄，气势凛然，帽檐下的两鬓已有些发白。

游行队伍响亮的口号响彻全场，彭德怀听得非常分明，那是："保卫新生的祖国，反对美国侵略朝鲜！"

实际上，远在西北的彭德怀一刻也没有停止关心和分析朝鲜战场的形势。10月2日，刚刚过了国庆节，彭总在办公室听完秘书杨凤安报告的最近消息，自言自语地说："我总觉得快了，中央不会再让大家等下去的。"

10月2日下午，毛泽东主持召开中共中央书记处会议，讨论朝鲜半岛局势和中国出兵问题。

在这次会议上，毛泽东认为出兵朝鲜已是万分火急。这次会议决定，10月4日召开中央政治局扩大会议，正式讨论志愿军入朝作战问题。毛泽东要周恩来派飞机到西安，将彭德怀接到北京参加会议。

毛泽东草拟给斯大林的电报

1950 年 10 月 2 日，毛泽东亲笔草拟了一份给斯大林的长电报，回复斯大林于 1 日的来电。

斯大林在来电中要求中国立即派出至少五六个师到"三八线"，以便让朝鲜组织起保卫"三八线"以北地区的战斗。毛泽东在电文中指出：

1. 我们决定用志愿军名义派一部分军队至朝鲜境内和美国及其走狗李承晚的军队作战，援助朝鲜同志。我们认为这样做是必要的。因为如果让整个朝鲜被美国人占去了，朝鲜革命力量受到根本的失败，则美国侵略者将更为猖獗，于整个东方都是不利的。

2. 我们认为既然决定出动中国军队到朝鲜和美国人作战，就要能解决问题，即要准备在朝鲜境内歼灭和驱逐美国及其他国家的侵略军；既然中国军队在朝鲜境内和美国军队打起来，虽然我们用的是志愿军名义，就要准备美国宣布和中国进入战争状态，就要准备美国至少可能使用其空军轰炸中国许多大城市及工业基地，使用其海军攻击沿海地带。

艰难决策

3. 这两个问题中，首先的问题是中国的军队能否在朝鲜境内歼灭美国军队，有效地解决朝鲜问题……

4. 在目前的情况下，我们决定将预先调至南满洲的 10 个师于 10 月 15 日开始出动……

5. 我军目前尚无一次歼灭一个美国军的把握。而既已决定和美国人作战，就应准备当着美国统帅部在一个战役作战的战场上，集中它的一个军和我军作战的时候，我军能够有四倍于敌人的兵力，和一倍半至两倍于敌人的火力，即用 2200 门至 3000 门 7 公分口径以上的各种炮对付敌人同样口径的 1500 门炮，而有把握地干净地彻底地歼灭敌人的一个军。

6. 除上述 12 个师外，我们还正在从长江以南及陕甘区域调动 24 个师位于陇海、津浦、北宁诸线，作为援助朝鲜的第二批及第三批兵力，预计在明年的春季及夏季，按照当时的情况逐步使用上去。

毛泽东这个电报是在 10 月 2 日下午召开书记处会议之前起草的，原准备在书记处会议作出出兵决定后发给斯大林。但在这次会议上，多数人不赞成出兵。毛泽东只能把这份电报搁置下来，而将多数人的意见，通过苏联驻华大使罗申转告斯大林。

毛泽东在这个电报里，分析了中国出兵支援朝鲜的必要性以及可能出现的各种情况；说明了中国出兵作战的战略部署和作战方法以及国内策应部队的调动情况；同时也向苏联提出为保障作战胜利所必须提供的支援。毛泽东提出来的问题都是大问题。

这份电报虽然没有发出，但它非常详尽地反映出毛泽东个人当时对出兵朝鲜的基本态度和各种考虑。

在转告斯大林的意见中，毛泽东表示："关于这个问题还没有作出最后决定"，"我们将举行一次中央会议，中央各部门的主要同志都将出席"。

这说明，毛泽东并没有放弃自己的主张，为这个问题最终解决，留下了回旋余地。

艰难决策

彭德怀彻夜未眠

　　1950年10月1日，毛泽东和其他党和国家领导人登上天安门参加群众庆典并检阅部队。虽然北京城内还是一片节日气氛，东邻朝鲜的紧急消息却不断传来。

　　为了最后下定决心，毛泽东焦虑得许多天日夜不眠。时任毛泽东卫士长的李银桥后来回忆说：

> 　　毛泽东考虑出兵不出兵，连续几天不能入睡，吃安眠药也睡不着。开会那天，他的东屋里坐了一屋子人……满屋子烟雾腾腾，从五六点钟开始研究，一直到后半夜。

　　10月4日下午，在毛泽东主持下，中央政治局扩大会议在中南海颐年堂召开了。出席会议的有：毛泽东、朱德、刘少奇、周恩来、任弼时、陈云、高岗、彭真、董必武、林伯渠、张闻天、彭德怀。彭德怀是在会议中间赶来的。

　　列席会议的有李富春、罗荣桓、林彪、邓小平、饶漱石、薄一波、聂荣臻、邓子恢、杨尚昆、胡乔木。

　　会议一开始，毛泽东首先让大家讲讲出兵的不利情况。与会者各抒己见，多数人不赞成出兵或者对出兵存有种种疑虑。

理由主要是中国刚刚结束战争，经济十分困难，亟待恢复；新解放区的土地改革还没有进行，土匪、特务还没有肃清；我军的武器装备远远落后于美军，更没有制空权和制海权；在一些干部和战士中间存在着和平厌战思想；担心战争长期拖下去，我们负担不起等。

派志愿军出国同美军作战，对中国来说，是一个牵动全局的大事。当时，新中国面临着一个新的重大抉择：

出兵，或者不出兵。

毛泽东眼窝深陷，连日来的思虑，使他显得衰老了许多。毛泽东继续主持会议，他看了看周恩来说："恩来，你接着说。"

周恩来说：

美军仁川登陆前，我们曾经考虑过，美帝打过"三八线"后，是否会停止，而后转为外交上的谈判。在敌人占领汉城之后，尼赫鲁曾经对我说，三国外长会议已经说好，不过"三八线"。但我们得到的情报是，他们要稳住中国，过"三八线"。为此，我曾召见印度驻华大使，表明我们的态度。今天，敌人向北推进的行动并没有停止下来。

艰难决策

聂荣臻插话说：

南朝鲜军已经深入到"三八线"以北了，矛头直指鸭绿江。而且美帝的飞机早已飞过鸭绿江，对我边防城市多次进行轰炸。

周恩来继续说：

朝鲜那里的局势非常严峻，金日成首相已经做好上山打游击的准备……急盼我们出兵援助。

周恩来的话讲完后，会场里出现短暂的沉默。

会议正在进行中间，彭德怀赶到会场，他对这个会议毫无思想准备，连会议内容事先都不知道，只是侧耳细听，没有发言。散会后，他来到杨尚昆住处，详细了解了会议情况。

原来，10月4日，彭德怀正在西北军政委员会会议室召集厅局长以上干部会议，研究大西北的经济发展问题，会议正在进行时，工作人员领着一位中央办公厅的人走进会场，向彭德怀报告："毛主席派人来接您去北京开会……事情十万火急，飞机在午饭后起飞。"

10月4日下午，一架银灰色的里－2型专机从西安机场呼啸着起飞了。当时，古都西安还沉浸在建国一周年纪念的节日气氛中，没有什么人注意到这架专机，也不会有更多的人知道，机舱里坐着的是西北军政委员会主席彭德怀。

窗外一碧万顷，秋高气爽，偶尔有几朵白云在慢慢悠悠地飘荡。彭德怀端坐在舷窗前，他缓缓地合上因操劳过度而愈发干涩的双眼。突然间，"朝鲜半岛"这4个大字出现在他的脑海中，他毕竟是个具有高度敏感和清醒头脑的军事家：美军仁川登陆后就放胆前进。现在，美第八集团军正在从陆地向北推进，第十军从元山登陆，李承晚的第一、二军团也分别沿东海岸和中部战线北进。人民军的退路已完全被切断。朝鲜形势危急，北朝鲜面临着被美、李占领而不复存在的危险。现在，朝鲜那边已经是十万火急。古语说，唇亡齿寒。我们不能坐视不管。

彭德怀想到这些，立即考虑如果是研究形势与军事问题，他必须拿出自己的看法。他打开秘书杨凤安为他准备的朝鲜地图册，翻看"三八线"附近的地名。

没过多久，地面上逐渐出现首都北京的轮廓。16时许，专机降落在北京西郊机场。彭德怀很快被轿车接到中南海。中南海内一片寂静。汽车行驶在湖畔，穿过高大的古柏林荫，停在丰泽园门前。

彭德怀急忙下车，快步来到颐年堂前时，周恩来首先迎出来与他握手。周恩来解释说："彭总，会议在下午

艰难决策

3 时就开始了，来不及等你。"

彭德怀随同周恩来一边说话一边步入会议厅。

毛泽东和政治局委员们见彭德怀赶来参加会议，都站起来和他握手。毛泽东说：

> 彭老总，你辛苦了，你来得正好。美帝国
> 主义的军队已开始越过"三八线"向北进攻了，
> 现在政治局正在讨论我国准备出兵援朝问题。
> 大家正在发表意见，请你也准备谈谈你的看法。

彭德怀立即感到会议的气氛显得很严肃。和他同舟共济，在戎马生涯中度过了几个年头的朱德总司令见了他也没说几句话。

有的同志更是只握手不说话。彭德怀立刻感到这是一次不寻常的政治局会议。他转脸扫了一下会场，发现所有人的目光都集中在自己的身上。

正在进行中央政治局扩大会议，彭德怀和毛泽东打过招呼后，随便找个椅子坐下。彭德怀明白过来，原来中央在讨论出兵朝鲜之事，自己没有准备，先不要说话，好好听。于是，彭德怀静静听着每位领导人的发言。

后来，彭德怀回忆当时的情景时说：

> 我刚到，未发言，内心想是应该出兵，救
> 援朝鲜。散会后，中央管理科的同志把我送到

北京饭店。当晚怎么也睡不着，我以为是沙发床，此福受不了，搬在地毯上，也睡不着。想着美国占领朝鲜与我隔江相望，威胁我东北，又控制我台湾，威胁我上海、华东。它要发动侵略战争，随时都可以找到借口，老虎是要吃人的，什么时候吃，决定于它的肠胃，向它让步是不行的，它既要来侵略，我就要反侵略。不同美帝国主义见过高低，我们要建设社会主义是困难的。如果美国决心同我作战，它利速决，我利长期；它利正规战，我利对付日本那一套。我有全国政权，有苏联援助，比抗日战争时期有利得多。

经过一夜的深思熟虑，彭德怀想通了，认为出兵援朝是正确的，是必要的，是英明的决策，而且是迫不及待的。

艰难决策

出兵援朝决策确定

1950年10月5日9时，受毛泽东委托，邓小平将彭德怀从北京饭店约到中南海毛泽东办公室。

因为4日下午的政治局会议上彭德怀没发言，毛泽东想听听他的意见。毛泽东十分清楚，在这个时候彭德怀的态度是很重要的。

彭德怀来到毛泽东的办公室。两人在沙发上坐下，毛泽东就问彭德怀想得怎么样。彭德怀说："主席，昨天晚上我反复考虑，赞成你出兵朝鲜的决策。"

毛泽东又问："你看，出兵援朝谁挂帅合适？"

彭德怀问："中央不是已决定派林彪同志去吗？"

由于林彪生病，毛泽东谈了林彪的情况后说："我们的意见，这担子，还得你来挑，你思想上没这个准备吧？"

彭德怀沉默一会儿后坚决地说："我服从中央的决定。"

毛泽东略带感慨地说：

这下我就放心了。现在美军已分路向"三八线"北冒进，我们要尽快出兵，争取主动。今天下午政治局继续开会，你摆摆你的看法。

当天下午，政治局会议如期召开。在这次会议上，仍然有两种意见。

在别人发言之后，彭德怀讲述自己的观点。他说：

> 出兵援朝是必要的，打烂了，等于解放战争晚胜利几年。如美军摆在鸭绿江岸和台湾，它要发动侵略战争，随时都可以找到借口。

彭德怀的话音刚落，毛泽东紧接着发言：

> 这几天，不少同志讲了很多不能出兵的理由，但是不能忘了，朝鲜人民和朝鲜党的同志在我们的抗日战争、解放战争中，是为中国革命的事业流过血的。现在他们的民族处在危急时刻，有一百条理由一千条理由驳不倒一条理由，那就是我们应该有爱国主义与国际主义，友邻有难，就要挺身支援。见义勇为是中华民族的美德！不错，美国的大炮比我们多，但历史不是大炮写的。我们横下一条心，他打他的原子弹，我打我的手榴弹。总之一句话，当今世界，任何人想随意欺压、宰割别人，都是不允许的！到头来都必将是搬起石头砸自己的脚！

艰难决策

喝了一口茶，毛泽东清了清嗓子，继续说道：

　　不错，我们可以写出百条千条理由不出兵，但现在美帝的矛头直指我国的东北，假如它真的把朝鲜搞垮了，即使不过鸭绿江，我们的东北也时常在它的威胁中过日子，要进行和平建设也会有困难。所以，我们对朝鲜问题置之不理，美帝必然得寸进尺，走日本侵略中国的老路，甚至比日本搞得还凶，它要把3把尖刀插在中国的身上，从朝鲜一把刀插在我国的头上，从台湾一把刀插在我国的腰上，从越南一把刀插在我们的脚上。天下有变，它就从3个方面向我们进攻，那我们就被动了。我们抗美援朝就是不许它的如意算盘得逞。打得一拳开，免得百拳来。我们抗美援朝，就是保家卫国。

与会代表觉得毛泽东的话很有道理，经过一番思考后，大家表示同意出兵。

这样，中共中央出兵援朝的决策经过充分讨论正式确定。

彭德怀受命挂帅出征

1950 年 10 月 5 日下午，在政治局扩大会议中，经过代表们的讨论，大家一致同意出兵朝鲜。

接着，这次会议还通过毛泽东的提议，由彭德怀率领部队入朝，协助人民军抗击"联合国军"。彭德怀本人也没有推辞。

散会后，在中南海畔，有人对彭德怀说："看来还不服老哟。"彭德怀出兵朝鲜的使命就这样确定了。

这次政治局会议结束后，毛泽东留下彭德怀、周恩来等人吃晚饭。

席间，有人表示忧虑："我们出兵，只怕斯大林不愿意。"

毛泽东颇为警觉地说：

当然，斯大林这个人，对我们中国党是有成见的。他也怕苏军参战会破坏雅尔塔会议后的世界格局。但他是马克思主义者么，我们的要求符合国际主义原则。

彭德怀说："最好是先做通斯大林的工作。"

毛泽东看着周恩来，开玩笑地说："中国党将派自己

艰难决策

最好的外交家去游说。"

彭德怀连连点头，此次出使莫斯科，最好的人选当然是周恩来。

毛泽东对周恩来说：

> 恩来此去，也当速决才是，战争不等人啊！

饭后，毛泽东对彭德怀说：

> 现在朝鲜情况已十分危急，我们必须马上出兵，否则将贻误战机。你和高岗同志8日先到沈阳去召开东北边防军高干会议，迅速传达中央政治局的决定，督促部队立即做好入朝准备。
>
> 同时把我党中央出兵援朝的决定通知金日成。关于入朝的时间，给你10天时间怎么样？关于部队更换苏联武器装备和空军支持问题，恩来同志即刻去莫斯科与斯大林同志商谈，尽快解决。

彭德怀感到时间紧了些，但仍表示：

> 我只好一天按10天甚至20天的工作量来干了。

毛泽东笑着说："抗美援朝我是积极分子，你百分之百支持我，看来这一仗是非打不可了。"

从 10 月 2 日到 5 日，中央开了 3 天会议。会上充分发扬民主，毛泽东尽管有了自己的主张，仍然认真地听取各种不同的意见，让大家把出兵的不利方面和困难方面充分地说出来，然后说服大家。

其实，对于打不打的问题，毛泽东也是左思右想，煞费心血。

后来，毛泽东对金日成讲起这件事的时候说：

我们虽然摆了 5 个军在鸭绿江边，可是我们政治局总是定不了，这么一翻，那么一翻，这么一翻，那么一翻，嗯！最后还是决定了。

这是毛泽东对当年中央政治局关于出兵援朝决策过程的一个形象的概括。这是一个何等艰难的决策！这在中国共产党历史上是少有的。

有的中央领导人后来回忆说，在考虑出兵不出兵朝鲜的问题时，毛泽东一个礼拜不刮胡子，留那么长，想等以后开了会使大家意见统一了，才刮了胡子。如此反复思考，焦虑到了一个星期不刮胡子的状况，这在毛泽东的一生中都是少见的。

在 1950 年国庆节后 10 多天内，中共中央反复开会讨

艰难决策

论，面对多数人列举的种种困难以及苏联在出动空军问题上一再退缩，毛泽东经过许多天不眠不休的思考，也曾两次要求入朝部队暂停行动。

不过经最后权衡，他还是确定："应当参战，必须参战。参战利益极大，不参战损害极大。"

历史又一次证明了毛泽东决策的正确。中国出兵朝鲜，在政治上大大提高了在国际上的地位和影响，在经济上保障了国家恢复建设，在军事上也打出了国威军威。

1950 年 10 月上旬是毛泽东日夜苦心思索、决心难下的时候。尽管如此，他作为新生共和国的主席仍要出席一些必要的活动。

10 月 3 日晚，为欢庆国庆一周年，中央人民政府在中南海怀仁堂举行盛大歌舞晚会。西南各民族文工团、新疆文工团、吉林延边文工团、内蒙古文工团联合演出了精彩的节目。毛泽东等中央领导人参加晚会，并邀民主人士柳亚子等一同观看。

毛泽东与国内著名诗人柳亚子相识几十年，并有诗词唱和交往和深厚的友谊。

当天参加晚会时，毛泽东虽因不断开会并苦苦考虑出兵的决策而连天未眠，但依然谈笑风生。当来京参加国庆盛典的各族代表向中央人民政府首长献旗、献礼致敬时，毛泽东对坐在前排的柳亚子说："这样的盛况，亚子先生为什么不填词以志盛？我来和。"

面对毛泽东的这番盛情，柳亚子十分激动。他即席填成一首《浣溪沙》，"用记大团结之盛况"，并马上呈给毛泽东。词曰：

> 火树银花不夜天，弟兄姊妹舞翩跹。歌声唱彻月儿圆。不是一人能领导，哪容百族共骈阗？良宵盛会喜空前！

接到柳词后，毛泽东当场步其韵奉和，写出《浣溪沙·和柳亚子先生》。全词是：

> 长夜难明赤县天，百年魔怪舞翩跹。人民五亿不团圆。一唱雄鸡天下白，万方乐奏有于阗。诗人兴会更无前。

在确定出兵抗美援朝的决策之际，毛泽东仍有诗情与柳亚子唱和，充分体现出泰山崩于前而不动的宏大气魄。这首《浣溪沙》又以其婉约和豪放并蓄，脍炙人口。

被誉为中国近代诗圣的柳亚子在称誉"老友润之"时，曾称赞"才华信美多娇，看千古词人共折腰"。在作出抗美援朝军事决策的艰难时刻，毛泽东的气魄也充分体现出来。

在那段日子里，毛泽东常常就在床上看文件、起草文电，实在太累了便倒下休息一会儿，接着再继续工作。据毛泽东的机要秘书后来回忆，毛泽东在半个多月的时

艰难决策

间里没有下床，就在床上办公和吃饭，睡眠极少。

当毛泽东在中南海怀仁堂写出《浣溪沙·和柳亚子先生》一词后，柳亚子回到家中兴奋异常，又填词一首送到中南海。

不过，此刻毛泽东正在全神贯注地指导朝鲜战场的斗争，无法再回复柳亚子。11 月间，志愿军出国后首战告捷，美国纠集的所谓"联合国军"向南败逃。

初战的胜利使毛泽东终于能够松弛一下紧绷的神经，处理一些其他事务，并在闲暇时细看了一下柳亚子写来的词。虽然朝鲜前线的斗争形势仍然严峻，毛泽东却诗兴大发，挥笔写下一首和词。词的最后写道：

最喜诗人高唱至，正和前线捷音联，妙香山上战旗妍。

毛泽东词中所讲的妙香山在朝鲜清川江边，是第二次战役的前线。

四、英勇出击

● 毛泽东致电斯大林："我们决定用志愿军名义派一部分军队于朝鲜境内和美帝国主义及其走狗李承晚的军队作战。"

● 毛泽东坚定地回答："中朝两国唇齿相依，世世代代友好，怎么能见死不救呢?"

● 中央毅然作出历史性的决策："不管有没有苏联空军支援，我们仍按原定计划出兵援朝。"

师出有名志愿军

1950 年 10 月 6 日，周恩来在中南海居仁堂主持召开包括各地区负责人在内的党政军高级干部参加的中央军委会议，根据 10 月 5 日政治局扩大会议的决定，讨论入朝作战方案和布置有关方面的工作。

正式决策出兵之后，用什么名义出兵有利，就成为中共中央和毛泽东考虑的问题。

当时，有两个选择可供考虑，一个叫支援军，另一个叫志愿军。

毛泽东与周恩来一商议，支援军那是派遣出去的。谁派出去支援？国家吗？中国不是要跟美国宣战，而是人民志愿帮助朝鲜人民的，不是国与国的对立，因此还是用志愿军为好，避免使用政府的名义，而是中国人民志愿组成的部队，这样，师出有名则战无不胜。

10 月 2 日，毛泽东发给斯大林的电报中就称：

我们决定用志愿军名义派一部分军队于朝鲜境内和美帝国主义及其走狗李承晚的军队作战。

于是，毛泽东一道命令，聚集东北的几十万中国人民解放军，都换上了那种扎出许多道线的军装，当时人称"国际服"。中国人民志愿军就这么产生了。

志愿军出国参战后，美国也公开承认了这个名字，并指出这支部队是中国正宗的正规军，是4个野战军中的精锐部队的一部分。美国的评价是"中共政府给这些部队起了一个好名，叫'志愿军'"。

10月8日，在美军已越过"三八线"大举北进之后，毛泽东以中国人民革命军事委员会主席名义，发布组成中国人民志愿军的命令：

> 为了援助朝鲜人民解放战争，反对美帝国主义及其走狗们的进攻，借以保卫朝鲜人民、中国人民及东方各国人民的利益，着将东北边防军改为中国人民志愿军，迅即向朝鲜境内出动，协同朝鲜同志向侵略者作战并争取光荣的胜利。

命令称：

> 任命彭德怀同志为中国人民志愿军司令员兼政治委员……我中国人民志愿军进入朝鲜境内，必须对朝鲜人民、朝鲜人民军、朝鲜民主政府、朝鲜劳动党、其他民主党派及朝鲜人民的领袖金日成同志表示友爱和尊重，严格地遵

英勇出击

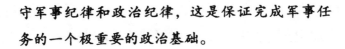

守军事纪律和政治纪律，这是保证完成军事任务的一个极重要的政治基础。

当天，毛泽东将这一历史性的决定电告金日成，并请他派朝鲜政府内务相朴一禹到沈阳，与彭德怀会商志愿军入朝的有关问题。

8日上午，彭德怀根据毛泽东的命令，率领临时指挥人员飞往沈阳。

9日上午，彭德怀召集志愿军军以上干部开会，传达中央出兵援朝的决定，要求各部在10天内做好一切出国作战的准备。

毛泽东破例设宴为彭德怀饯行

1950 年 10 月 7 日，很少宴请别人的毛泽东破例准备在自己家里设便宴为彭德怀饯行，顺便谈一谈入朝的具体部署，并为长子毛岸英要求上前线向彭老总说说情。

当天清晨，毛泽东身着驼色毛衣，在中南海丰泽园的庭院里缓缓走着，他正在思索着毛岸英请求参军上前线的事。可是岸英和刘思齐去年刚刚结婚，还不到一年。

毛岸英，于 1922 年 10 月出生在湖南省长沙市。8 岁时，由于母亲杨开慧被捕入狱，毛岸英也被关进牢房。杨开慧牺牲后，地下党安排毛岸英和两个弟弟来到上海。

以后，由于地下党组织遭到破坏，毛岸英兄弟流落街头。他当过学徒，捡过破烂，卖过报纸，拉过人力车。

1936 年，毛岸英和弟弟毛岸青被安排到苏联学习。在苏联期间，他开始在军政学校和军事学院学习，以后参加了苏联卫国战争，曾冒着枪林弹雨，转战欧洲战场。

1946 年，毛岸英回到延安，同年加入中国共产党。毛岸英遵照毛泽东"补上劳动大学这一课"的要求，在解放区搞过土改，做过宣传工作，当过秘书。解放初期，任过工厂的党总支部副书记。他虽然是毛泽东的儿子，但从来不以领袖的儿子自居，相反，总是处处严格要求自己，努力和普通劳动群众打成一片。

英勇出击

作为毛泽东的长子，毛岸英幼年饱经磨难。毛泽东想，气可鼓不可泄，儿子毛岸英申请上朝鲜参战，是第一个报名参加抗美援朝的名副其实的"志愿军"。既然孩子的积极性那么高，还是成全了他为好。

正想着，彭德怀已经由毛岸英陪同到了门口，毛泽东兴奋地迎上前去："贵客到了，开饭！"

在吃饭过程中，毛泽东提出了让毛岸英参加志愿军的请求。

彭德怀看了看毛泽东，犹豫着说："主席，战场上枪弹无情，若有个闪失……"

毛泽东说："此话怎讲？谁叫他是毛泽东的儿子！年轻人到战场上去锻炼自己有好处。我看，当前正是用人之际，算他一个也无妨。"

毛岸英赶紧站起来，向彭德怀敬了个标准的军礼，说："彭叔叔，我本来就是军人，将来要在您的指挥下，做一个好兵。"

彭德怀只好笑着点点头。就这样，毛岸英荣幸地成为赴朝参战的名副其实的第一个"志愿军"。

第二天7时，一辆又一辆轿车打破了清晨的宁静，送走一批负有特殊使命的人物：彭德怀、毛泽东的长子毛岸英和总参作战部的几位军人。

一会儿，一架里－2型飞机从北京东郊机场起飞飞向沈阳。彭德怀出任志愿军司令员的消息传到十三兵团，顿时一片欢腾。

有人拿着彭德怀的任职电报兴奋不已：

太好了，有彭总当司令，还不把美国鬼子打得一塌糊涂！

10月8日，彭德怀到沈阳的当天下午，立刻在沈阳紧急召集十三兵团及东北军区负责人商定于次日召开参战部队军以上高级干部会议，部署出国前的准备工作，进行动员。

在辽宁宾馆会议厅，20多位军以上干部济济一堂，气氛热烈而严肃。

在这次会议上，彭德怀首先谈出兵的意义和必要性，然后，着重谈自己的看法：

我们的敌人不是宋襄公。他不会愚蠢到这种地步，等我们摆好了阵势才来打我们。他们是机械化，前进速度是很快的，我们必须抢时间。中央要我到这里来，也是3天前才作出的决定。

彭德怀顿了顿，接着说：

我这一辈子就是个苦命，不过，如果没有苦，要共产党员干吗？我彭德怀本事不大，确实是廖化当先锋喽！中国生，朝鲜死，朝鲜埋，光荣之至！

彭德怀发自肺腑的一席话，引来全场经久不息的雷鸣般的掌声，在座每一位将军与战士无不为之动容。

10月11日，彭德怀率领志愿军一部乘上列车。列车满载中朝人民的重托与期望，告别沈阳，向鸭绿江边的安东呼啸而去。

可是，正当志愿军厉兵秣马，积极准备出兵之时，斯大林却出尔反尔。

苏联临阵不提供空中掩护

1950年10月8日，周恩来和林彪代表中共中央秘密飞往苏联，同斯大林商谈抗美援朝和苏联给予军事物资支援以及提供空军掩护问题。

尽管中国共产党已经决定出兵，但周恩来还是带着两种意见，出兵或者不出兵，去同斯大林商讨。如果中国出兵，那就要求苏联给予武器装备和提供空中支援。

当时，斯大林正在黑海海滨休假。10月10日，周恩来乘飞机到风光秀丽的黑海之滨休养地会见斯大林。

会谈在友好的气氛中进行，斯大林最终答应先装备中国10个师，并同意空军进驻安东一带沿海大城市驻防，这个结果对中国来说还是可以接受的。

周恩来立即返回莫斯科，向毛泽东汇报会谈情况。

当晚，劳累了一天的周恩来正准备就寝，突然接到苏联外交部长莫洛托夫的电话，他转达斯大林的通知说："苏联空军没准备好，要暂缓出动。"

听到这个消息，周恩来感到十分震惊，他反问莫洛托夫："苏联空军究竟何时能够出动？"

莫洛托夫含糊其辞，说："苏联可以派遣空军到鸭绿江北岸的中国境内驻防，这没什么问题。但是，至少在两个月或两个半月后，也无法进入朝鲜境内掩护志愿军

英勇出击

作战。"

莫洛托夫的一番话让周恩来心潮起伏，无法入眠，他连夜将这一情况向毛泽东报告。

10月11日，斯大林和周恩来联名致电毛泽东说，苏联可以完全满足中国提出的飞机、坦克、大炮等项装备，但是苏联空军尚未准备好，在两个月或两个半月后才能出动空军。

这样，在中国抗美援朝的决策过程中又出现了一个波折。毛泽东认为需要与政治局的同志讨论此事，以作定夺。

10月11日深夜，毛泽东接到周恩来的报告后，对苏联不为中国入朝部队提供空中掩护，不得不召集会议再度慎重考虑出兵援朝的问题。

由于苏联的临阵退缩，毛泽东再次陷入痛苦的决策和抉择。对于抗美援朝，毛泽东已经考虑到最坏情况。

即使与美军发生全面战争，也是以苏联联合出兵来考虑的。现在，苏联不派空军支援，这实际上意味着中国要出兵同世界头号资本主义军事强国直接较量。

而且苏联军事装备也无法马上到来，我们出兵援朝，就得靠我们当年缴获国民党的、日本侵略军的三八大盖枪加炒面袋，去同拥有现代飞机、大炮、坦克的机械化部队作战。美军占有制空权、制海权，依仗空中优势，对我志愿军会造成巨大的困难。

毛泽东出兵的决心一旦定下，是绝对不会动摇的。

但是为了对前线千万将士的生命负责，他必须就新出现的情况和前线司令员以及政治局同志再次进行商议。

10月12日，毛泽东致电彭德怀：

> 1. 10月9日命令暂不实行，十三兵团各部仍旧原地进行训练，不要出动。
>
> 2. 请高岗、彭德怀二同志明日或后日来京一谈。

当天，在安东"伪满八大景"之一的镇江山下一座日本人建造的洋房里，彭德怀接到朝鲜内务相朴一禹带来的朝鲜战局最新情况，美军3个师、英军一个旅及南朝鲜军第一师已集结在汉城以北"三八线"上的开城、金化地区做进攻平壤的准备，朝鲜民主主义人民共和国的首都已经万分危急。

朴一禹还谈到，东部战线南朝鲜军主力两个师已到达元山，另有3个师正向元山附近地区集中。美第八集团军3个师在大田、水原地区正准备北进。

金日成首相指挥的朝鲜尚能战斗的部队仍在"三八线"坚持抗击"联合国军"，南部人民军撤至"三八线"以北的有5万人，其余大部分还滞留在南朝鲜。

朴一禹最后诚恳地表示：

> 形势万分危急，我再次代表金日成首相和

朝鲜党中央，请求中国党中央尽快出兵支援。

彭德怀当即答应立即向党中央和毛泽东报告。听完朴一禹的情况介绍后，彭德怀立即召集十三兵团的领导开会，对志愿军入朝后的部署重新进行研究。

就在彭德怀加紧准备入朝作战之时，毛泽东让他回京的电报到了，彭德怀一时感到迷惑不解。

彭德怀看着电报，神情表现很疑惑，但他什么也没说，头脑里紧张地思考着。十三兵团的领导焦虑地对彭德怀说："兵贵神速，十万火急！我们再晚几天入朝，人民军更难有组织地撤退，过江后我们何来立足之地？也不知又有什么重大情况发生。"

彭德怀沉默不答，晚上也没有睡好觉。第二天早晨他即乘飞机回北京。

仍按原定计划出兵援朝

1950 年 10 月 13 日，彭德怀火速回到北京来见毛泽东，毛泽东已连续几天没有睡过好觉了，他穿着宽大的睡衣，正在丰泽园北房的卧室里来回走动，一支接一支地吸着烟。

见到彭总，毛泽东便把发生的意外情况告诉他。彭德怀也向毛泽东汇报朝鲜最新动态。彭德怀说：

> 昨天朴一禹同志到安东向我们介绍最新战况。敌人推进速度很快，我们原来设想在元山至边境以北地区建立防线已来不及。朝鲜民主主义人民共和国危在旦夕。朴一禹再次代表金日成首相和朝鲜党中央请求我党中央尽快出兵支援。

毛泽东坚定地回答：

> 中朝两国唇齿相依，世世代代友好，怎么能见死不救呢？

当天，毛泽东同朱德、刘少奇、邓小平、彭德怀再

次研究出兵问题，大家觉得对苏出动空军掩护我军不抱什么希望了。

毛泽东经与彭德怀等中央政治局领导商量后，大家一致认为，即使苏联不出空军支援，在美军越过"三八线"大举北进的情况下，我们仍然出兵援朝。中央毅然作出历史性的决策：

> 不管有没有苏联空军支援，我们仍按原定计划出兵援朝。

10月13日，远在莫斯科的周恩来得到毛泽东如下指示：

> 1. 与高岗、彭德怀同志及其他政治局同志商量结果，一致认为我军还是出动到朝鲜为有利。在第一时期可以专打伪军，我军对付伪军是有把握的，可以在元山、平壤线以北大块山区打开朝鲜的根据地，可以振奋朝鲜人民重组人民军。两个月后，苏联志愿空军就可以到达。6个月后可以收到苏联给我们的炮火及坦克装备，训练完毕即可攻击美军。在第一时期，只要能歼灭几个伪军的师团，朝鲜局势即可起一个对我们有利的变化。
>
> 2. 我们采取上述积极政策，对中国、对朝

鲜、对东方、对世界都极为有利；而我们不出兵让敌人压至鸭绿江边，国内、国际反动气焰增高，则对各方都不利，首先是对东北更不利，整个东北边防军将被吸住，南满电力将被控制。

3. 11日斯大林和你联名电上说，苏可以完全满足我们的飞机、大炮、坦克等项装备，不知它是用租借办法，还是要用钱买。

4. 只要苏联能于两个月或两个半月内出动志愿空军帮助我们在朝鲜作战外，又能出动掩护空军到京、津、沈、沪、宁、青等地，则我们也不怕整个的空袭，只是在两个月或两个半月内如遇美军空袭则要忍受一些损失。

5. 总之，我们认为应当参战，必须参战。参战利益极大，不参战损害极大。

周恩来收到电文，感到振奋和鼓舞。周恩来早已估计到，毛泽东绝不会因为苏联改变主意而随之改变自己的决心。

当时，毛泽东关注和担心的是两点：第一，苏联提供武器装备，是用租借办法，还是用钱买。这是关系到用于国内建设和一般军费的资金能否保证，从而影响国内经济是否稳定的问题。第二，苏联能否真正做到在两个月或两个半月之内提供空军支援。

为此，毛泽东要周恩来在莫斯科再留几天，与苏联

英勇出击

就上述问题重新商定。

周恩来将毛泽东此电内容通过莫洛托夫转达斯大林。斯大林做出回答：苏联将只派空军到中国境内驻防，两个月或两个半月后也不准备进入朝鲜境内作战。

斯大林这个决定，对中国出兵作战虽然十分不利，但也没有动摇毛泽东的决心。

彭德怀进行战前动员

1950 年 10 月 15 日，彭德怀乘坐飞机回到沈阳，并立即到安东，召开师级以上干部会议。

这是作战前的动员会议，要动员，就要讲深讲透，于是，彭德怀在会上讲得很多、很全面，彭德怀首先说：

中央经过反复讨论和慎重考虑，认为对朝鲜战局不能置之不理。就是说，我们要积极支持北朝鲜人民反抗侵略者，帮助他们争取独立自由和解放。我认为中央这种决策，是十分必要和非常正确的。不过，对这个问题，在党内是有不同看法的，同志们都是党员，如有不同的意见，也可以提出来讨论。

彭德怀接着说：

在敌人方面，空军占有优势，坦克和炮兵也占有优势，机械化程度比我们高得多。但战术方面我们比敌人强，敢于近战，用炸药，拼刺刀，投手榴弹，这些都是敌人害怕的。而且我军的政治质量远比敌人高。敌人的困难正在

英勇出击

增加，优势长久不了。他们军队的补给运输来回一次需要38天，更重要的是，他们是非正义战争，兵心不稳，士气不高，而我们是正义之战，这是决定胜负的基本因素。

彭德怀还谈到作战方法，他指出，我们要改变过去在国内战争中采用的运动战，大踏步地前进和大踏步地后退不一定适用朝鲜战场。因为朝鲜地面狭小，敌人又暂时占有优势，所以要采用阵地战和运动战相结合。敌人进攻，我们要把他顶住，不使他前进，发现敌人的弱点，即迅速出击，深入敌后，坚决消灭之。保守土地是我们的任务，但更重要的是消灭敌人的有生力量。

彭德怀说，只要有机会，哪怕一个营、一个团，也要坚决地予以歼灭。我们的战术是灵活的，大家应根据战场情况的发展具体应用。

彭德怀强调说：

我们是共产党员，是国际主义者，援助朝鲜，是我们应尽的义务，也是巩固我国革命的胜利成果，保护东北的工业，巩固我国的国防。因此，我们进入朝鲜千万不要骄傲，不要以大国援助者的身份自居，要尊重朝鲜同志，多看他们的优点，对人家的缺点不宜随便批评，更不要专挑缺点毛病。如果找缺点，国内就有，何必跑这么远呢？我们的干部要起模范带头作用，给人家留个好的印象。

另外，彭德怀提到纪律问题。他说，出国作战，纪律问题至为重要，我们军队有良好的传统，三大纪律八项注意博得了全国人民的拥护和赞扬，也是我军不断胜利的保证之一。

彭德怀勉励大家说：

到朝鲜后，更要发扬这个优点。一般说来，下列情况下容易犯纪律：1. 打了胜仗的时候；2. 打了败仗的时候；3. 遇到艰难困苦的时候。这3个时候要特别注意。要胜不骄、败不馁，遇到困难不埋怨。虚心谨慎，亲密团结，一定能战胜敌人。

我们的任务是艰巨的，也是光荣的，我相信我们能胜利地完成任务。

彭德怀讲了一个多小时，从决策讲到"联合国军"的情况，从作战方针讲到军队纪律，可谓相当细致，不愧是位勇谋兼备的将军。

尽管如此，彭德怀还是觉着身上的担子很重，从外表看，他脸上凝着一层忧虑和严肃。彭德怀深知志愿军司令员兼政治委员的分量：此次作战非同以往，美国陆

英勇出击

海空三军相互配合，现代化装备，而志愿军基本上是小米加步枪。加上异国作战，地理民情不熟，语言不通。

当时，朝鲜已受到战争的严重破坏，部队作战所需物资绝大部分不能就地解决，而要靠国内供应。但是不管困难多大，也必须打胜这一仗。毛泽东已经说过：既然中国决定了出兵，那么首要的问题是能战胜敌人，能解决朝鲜问题。

彭德怀想，既然自己主张出兵，主席点将后岂能再推托。不过彭德怀确实没想到过推托，所以当有人说他挂帅是不服老时，他没作任何解释。彭德怀有句名言：

> 在困难面前低头、认输、后退就是自我毁灭、自我背叛，是极其可耻的。

这是彭德怀的人生准则。

不过，彭德怀也承认赴朝的艰苦性，他说：

> 我这个人是命中注定和苦地方打交道，从参加革命那会儿就在苦地方，长征的苦就不用说，差点活不下来。抗日战争在太行山，解放战争在大西北，这次又要去朝鲜，到的都是苦地方。但话说回来，我们共产党人就是要和"穷"、"苦"打交道，没有穷苦，要我们共产党人干什么？

这是彭德怀对刚刚组建起的志愿军领导机关的指战员们说的话。

经过紧张的准备，中国人民志愿军已做到一声令下即可出动。

但就在大军准备过江之前，毛泽东再次急电彭德怀18日回京，商议作战方针问题。因为"联合国军"在进攻过程中丝毫没有停在平壤、元山一线的迹象，反而迅速推进。

这样，志愿军就要迅速过江并改动原定作战设想，由于"联合国军"情况变化太大，电报电话说不清楚，毛泽东只好让彭德怀再跑一趟了。

英勇出击

兵分三路跨过鸭绿江

1950 年 10 月 18 日，毛泽东主持召开中央会议，在听取了周恩来和彭德怀的汇报后，把志愿军渡江作战和渡江时间最后敲定下来。

当日 21 时，毛泽东电令第十三兵团司令员兼政治委员邓华等：

> 4 个军及 3 个炮师决定按预定计划进入朝北作战，自明 19 日晚从安东和辑安线开始渡鸭绿江，为严格保守秘密，渡江部队每日黄昏开始至翌晨 4 时即停止，5 时以前隐蔽完毕并需切实检查。

10 月 19 日拂晓，几辆小汽车从北京饭店开出，驰过寂静的长安街直奔西郊机场。由于实在太劳累，坐在车内的彭德怀睡着了。

在昨夜，他们和毛泽东、周恩来一起反复研究入朝作战的方案，几乎彻夜未眠。

汽车到达机场，彭德怀才猛然醒来，他说："啊哎，这辆车可帮了我的大忙!"

9 时左右，专机降落在沈阳机场，彭德怀和高岗立即驱车去东北军区司令部。李富春、贺晋年、李聚奎等早已在此等候，彭德怀来不及坐下，便说：

> 从今天起，我国就开始进入战争状态。这次志愿军入朝作战，可比辽沈战役的规模大得多，任务要艰巨得多。过去我们在国内作战，物资弹药主要靠敌人"供应"，现在是靠我们自己。东北地区是志愿军的后方基地，你们要紧急动员，全力以赴。

当天上午，彭德怀和高岗乘坐专机到达安东。

当时，朝鲜人民军次帅朴一禹急急忙忙地过江来要求见彭德怀。朴一禹说，朝鲜战场的情况已很危急，金日成请求中国军队赶快过江支援他们。

彭德怀告诉他当天晚上就出兵时，朴一禹感动得流下热泪。他连声说："这就好了，这就好了。"

10月19日，边城安东已经充满紧张的战争气氛。大马路上各式各样的车辆在匆忙地奔驰着，神色仓皇的市民们在往市北郊区疏散。

盘旋在鸭绿江对岸上空的美军野马式飞机，经常低飞几乎掠动江边树梢，肆无忌惮地对江对面的新义州进行狂轰滥炸。燃烧在朝鲜国土上的大火，映红了鸭绿江的流水，浓烟弥漫在鸭绿江的上空，遮天的灰烬，飘落在安东的街市上，飘落在中国的大地上。

英勇出击

在苍茫的暮色里，志愿军从驻地向江边集结。一支支部队行进在安东的大街上。夜渐渐沉下来，城市实行着灯火管制，街道上黑洞洞的，使人越发感受到战争空气的重压。部队源源不断地开过来了，整理好的队伍开始过江，像一道铁流似的涌上鸭绿江大桥。

10月19日黄昏，新中国的第一次出兵，没有欢送的锣鼓，没有激昂的号角。在稠密的充满寒意的冷雨中，在低沉逼人的浓云下，近26万中华民族的优秀战士开始在安东、长甸河口和辑安3个鸭绿江渡口，雄赳赳、气昂昂地跨过鸭绿江，进入朝鲜。

安东地区冷风夹杂着细雨。彭德怀在鸭绿江畔与前来送行的高岗和志愿军领导人匆匆握手告别。谈话间，司机踩开了油门，随行参谋杨凤安和警卫员郭洪光、黄有焕都上了车。

彭德怀跃进车内，吼了一声："开车!"

汽车冲上鸭绿江大桥。这时北风大作，雨雪交加，夜幕笼罩了鸭绿江两岸的山河大地。

经过整整10天分秒必争的工作，彭德怀来不及换上人民军的将军服，仍身着从西安穿来的旧粗呢子黄军装，就乘车离开了祖国。在吉普车后面，只有一辆装电台的卡车紧紧跟随。

彭德怀进入朝鲜后，经过几个小时的颠簸行程，在20日黎明前，到达鸭绿江南岸的水丰发电站。他们在与金日成取得联系后，傍晚又乘车向平安北道昌城郡之北镇进发。

经过一夜走走停停的艰难行程，彭德怀一行于21日黎明前到达金日成指定的会晤地点，位于东仓和北镇之间山沟内的一个叫大洞的小村庄。朴宪永领着彭德怀下车步行，在一间草房里找到了我国驻朝大使馆临时代办。

8时30分左右，金日成派人来请彭德怀，临时代办陪同前往。两人在田埂上边走边谈，突然，彭德怀停步问："你身上带着小剪刀没有？"说着抬起两臂，两个破袖口上吊着一些长短不齐的线头。

临时代办会意地笑了，就摸出一把指甲刀给他修理起来。指甲刀剪不齐，彭德怀把头一摇，说："算了！实在太紧张了，没时间换衣服。反正是战争时期，就这样去见吧！"

两人来到一所整洁的朝鲜式房屋前，早已在室外等待的金日成微笑着迎上前来，他说："我代表朝鲜党和政府及朝鲜民主主义人民共和国人民，热烈真诚地欢迎彭德怀同志！"

彭德怀在转达了毛泽东、周恩来的问候后，向金日成介绍说：

英勇出击

> 中国志愿军先头部队共有4个军和3个炮兵师，此外，还有高射炮团、工兵团、汽车团等部共25万余人，已于19日晚开始分批自安东、长甸河口、辑安3个方向渡鸭绿江入朝。

根据敌军兵力装备占绝对优势的情况，已建议毛泽东再调两个军尽快入朝参战，这样第一批入朝的志愿军将达到 6 个军共 30 多万人。中央军委准备再调两个兵团共 6 个军作为第二批志愿军入朝，以后根据实际情况还可继续增调。

金日成表示十分感谢中共中央和毛泽东的全力援助。

为使朝、中两军能协调作战，彭德怀希望金日成率人民军总司令部和志愿军司令部住在一起，以便随时协商处置重大问题。

金日成表示还有许多问题亟待他去解决，因此派朴一禹作为朝鲜代表住在志愿军司令部，重大问题可通过朴一禹协商解决。中国志愿军入朝后的作战行动，则请彭德怀指挥处置。

彭德怀说："患难识朋友。"然后又谦逊地说：

你们的斗争不仅是为了自己，你们已经付出了巨大的牺牲。我们应该像好邻居那样，别人遭到欺辱，就应该挺身而出，驱赶豺狼。

接着，金日成介绍说当前仅仅有 3 个多师在手上，一个师在德川、宁边以北，一个师在肃川，一个坦克师在博川。还有一个工人团和一个坦克团在长津附近，隔在南边的部队正在逐渐地往北撤。

彭德怀的心一沉，看来必须依靠过江的志愿军首批部队4个军20余万人，来对付美军气势汹汹的最后攻势。

　　彭德怀与金日成首相又商量了关于组成朝中部队联合指挥的问题，确定志愿军司令部设在大榆洞。金日成同意派朴一禹为朝方全权代表，任志愿军副司令员兼副政委，同时担任副书记。

　　从10月1日晚金日成要求中国出兵，到19日晚中国人民志愿军渡过鸭绿江，仅仅18天。但对毛泽东来说，却似乎走过了一个漫长的路程。

　　在这决策过程中，一个又一个的困难出现在他面前。他要对世界大势作出正确的分析和判断。在复杂多变的情况下，要能应付自如，迅速作出决断。

　　在20年以后，1970年10月10日，毛泽东、周恩来会见金日成时，共同回忆起了这段曲折的历史过程。

　　毛泽东感慨地说：

　　　　事情总是这么弯弯曲曲的。在那个时候，因为中国动动摇摇，斯大林也就泄了气了，说：算了吧！后头不是总理去了吗？是带了不出兵的意见去的吧？

　　周恩来说："两种意见，要他选择。我们出兵就要他的空军支持我们。"

　　毛泽东接着说："我们只要他们的空军帮忙，但他们

不干。"

周恩来指出："开始的时候，莫洛托夫赞成了，以后斯大林又给他打电话说，不能用空军支援，空军只能到鸭绿江边。"

毛泽东说："最后才决定了，国内去了电报，不管苏联出不出空军，我们去。我看也还是要感谢苏联，它总算帮助了我们军火和弹药嘛，算半价，还有汽车队呀。"

对毛泽东出兵援朝的决策，彭德怀这样评价：

> 这个决心不容易下定，这不仅要有非凡的胆略和魄力，最主要的是具有对复杂事物的卓越洞察力和判断力。历史进程证明了毛主席的英明正确。

抗美援朝战争，是毛泽东一生最为艰难的一次决策，但同时又是毛泽东军事艺术、国际战略乃至治国方略中的绝妙之笔。抗美援朝战争的胜利，使新中国的经济建设获得了有利的国际和平环境。

参考资料

《志愿军援朝纪实》李庆山著　中共党史出版社

《王平回忆录》王平著　解放军出版社

《抗美援朝纪实：朝鲜战争备忘录》胡海波著　黄河出
　　版社

《当代中国的抗美援朝战争》柴成文等著　中国社会科
　　学出版社

《朝鲜战争实录》解力夫著　世界知识出版社

《正义与邪恶的较量》程来仪著　中央文献出版社

《血与火的较量：抗美援朝纪实》栾克超著　华艺出
　　版社

《烽火岁月：抗美援朝回忆录》吴俊泉主编　长征出版社

《朝鲜战争》王树增著　人民文学出版社

《伟大的抗美援朝运动》中国人民抗美援朝总会宣传
　　部　人民出版社

《开国第一战：抗美援朝战争全景纪实》双石著　中共
　　党史出版社

《我们见证真相：抗美援朝战争亲历者如是说》杨凤安
　　孟照辉　王天成主编　解放军出版社

《朝鲜战争》李奇微著　军事科学院外国军事研究部译
　　军事科学出版社